イタリア大富豪と日陰の妹

レベッカ・ウインターズ 作

大谷真理子 訳

ハーレクイン・イマージュ

東京・ロンドン・トロント・パリ・ニューヨーク・アムステルダム
ハンブルク・ストックホルム・ミラノ・シドニー・マドリッド・ワルシャワ
ブダペスト・リオデジャネイロ・ルクセンブルク・フリブール・ムンバイ

THE BILLIONAIRE WHO SAW HER BEAUTY

by Rebecca Winters

Published by Harlequin Japan, a Division of K.K. HarperCollins Japan, 2024

レベッカ・ウインターズ

17歳のときフランス語を学ぶためスイスの寄宿学校に入り、さまざまな国籍の少女たちと出会った。帰国後、大学で多数の外国語や歴史を学び、フランス語と歴史の教師に。ユタ州ソルトレイクシティに住み、4人の子供を育てながら作家活動を開始。これまでに数々の賞を受けてきたが、2023年2月に逝去。亡くなる直前まで執筆を続けていた。

主要登場人物

アレッサンドラ・カラッチョロ……考古学者。
オノラート・カラッチョロ……アレッサンドラの父。
デーア・ロティ……アレッサンドラの双子の姉。モデル。
フルヴィア・ターラント……アレッサンドラの伯母。
リニエーリ・モンタナーリ……エンジニアリング会社のＣＥＯ。愛称リニ。
グイド・ロッサーノ……リニの親友。海運会社の御曹司。
ヴァレンティーナ・ラウリート……リニの妹。

1

「シニョール・モンタナーリ？」

リムジンに乗り込もうとしていたリニエーリ・モンタナーリは、会場の外までついてきて声をかけてきた記者のほうを見た。ローマのコロンナ宮殿で行われたヨーロッパ経営者会議の取材をしようと、大勢のマスコミ関係者が集まっている。

「ひと言、お願いします。『ラ・レプブリカ』のトップ記事になりそうな話を聞かせてください」

「イタリアは石油や天然ガスの大半を輸入に依存していますから、国内生産を倍増すれば、エネルギーコスト削減に役立つでしょう。目下、イタリア国内に存在する未開発資源を探す計画を立てています」

「場所はどこですか？」

「まだ公表できません」

部分的ではあるものの、貴重な情報を手に入れて記者はにっこりした。「どうもありがとうございました、シニョール」

うなずいてリニがドアを閉めると、車はヘリポートへ向かった。そこから自社用ヘリコプターでアマルフィ海岸のポジターノにある自宅に戻ることになっている。ヨーロッパが直面する経済問題を話し合うために二日間に渡って行われた九月の会議も終わったので、リニは早く新しい事業計画に取りかかりたかった。月曜日には南イタリアの沿岸地方に行くつもりだが、今夜は別の予定が入っている。

屋敷の裏手にあるヘリポートに着陸すると、すぐにリニはヘリコプターを降りた。プールのそばで花に水をまいていた家政婦のビアンカが顔を上げ、リニのほうを見た。

「おかえりなさいませ」

「ただいま」

「お父さまのご様子はいかがでしたか？」

「それなりに元気だったよ」昨日の会議のあと、リニはナポリへ行き、夜は父親と過ごした。最近になって、父はようやく妻を失った悲しみから立ち直りつつあるようだ。

「会議はためになりました？」

「どうかな。〝ためになる〟というより〝気がめいる〟と言ったほうがいいかもしれない。ヨーロッパは経済危機に陥っているが、今夜はそのことは考えたくないよ」

「夕食は召し上がりますか？」

「そうしたいが、今夜はグイドと会うんだ。あいつの誕生日だからね」グイドは子どものころからの親友で〈ロッサーノ海運〉の経営者レオニデス・ロッサーノの一人息子だが、今日、こんなメールを送ってきた。

〈今夜、両親が僕の誕生日にかこつけて船上パーティーを開くから、ぜひ来てくれ。会議があるのは知っているが、大事な問題でおまえのアドバイスが欲しいんだ。おまえが着くころにはパーティーも終わりに近くなっているだろうから、二人きりで話ができる〉

グイドから届いたメールにしては深刻な感じで、あまり誕生日を祝ってもらう気分ではなさそうだ。女性と週末を過ごす予定もないらしい。その点はリニも同じだった。二人は似た者同士だが、理由はまったく異なっている。

グイドは自分にふさわしい女性をずっと探しているが、まだ出会うことができない。だが、リニが抱えている問題は違う。世の中には彼にふさわしい女性などいない。なぜなら不妊症だということを打ち明けたとたん、どんな女性も去っていくとわかっているからだ。若いころ、リニはサッカーの試合中に負傷し、それが原因で女性を妊娠させることができなくなってしまった。

それを知った苦しみは年々ひどくなり、私生活に対する不満が募っていった。どんなに心惹《ひ》かれる女性と出会っても、自分を抑え、深い関係に発展させようとはしない。真実を打ち明けたら相手に拒まれるのではないかという不安がつねに消えないからだ。

長い間、肉体的欲望を抑えつけてきたため、心身ともに満たされるというのがどういうものかさえ忘れてしまった。妹のヴァレンティーナが最近結婚して、ポジターノの屋敷から出ていったので、ますます寂しくなった。

妊娠したものの、相手の男性に父親になることも結婚も拒まれたヴァレンティーナは、それからしばらくリニの家に身を寄せていた。出産後はリニも育児を手伝い、そのときはとても楽しかったが、自分は決して父親にはなれないという思いがつきまとい、ひそかに苦しんでいた。ヴァレンティーナがジョヴァンニと出会い、結婚して出ていくと、家の中は火が消えたようだった。

ヴァレンティーナは幸せをつかみ、弟のカルロも娘に恵まれて結婚生活を楽しんでいる。そのことを考えるにつけ、リニは自分の人生に大事な要素が欠けていることを思い知らされる。医師は、そのことを理由に恋愛しないのはばかげている、と言った。ちゃんとした女性ならその問題を受け入れてくれるはずですよ、と。

そんな言葉は信じられない。リニは自分の部屋に行ってシャワーを浴び、黒のタキシードに着替えて、誕生日プレゼントをポケットに入れた。グイドのために選んだ新しい手巻きの毛鉤《けばり》は評判がいい。二人はよく渓流で鱒《ます》釣りをしている。グイドはきっと喜ぶだろう。リニはビアンカに出かけると声をかけ、ヘリポートへ向かった。

二十分後、ナポリ湾に停泊しているスーパーヨットにヘリコプターが降りたとき、リニは誰もが経済危機を感じているわけではないと改めて思った。ロッサーノ家所有のこの船には十七もの個室があり、どの部屋も五つ星ホテル並みの設備を備えている。もちろんプールもダンスフロアもある。

すでに夜の帳《とばり》が降り、ベズビオ山を背景にした美しい湾には魅惑的な雰囲気が漂っている。リニがヘリコプターから降りると、グイドが近づいてきた。

「待ってたよ。夕方のニュースにおまえが出ているのを見たぞ。すごい会議だったんだな。来られないんじゃないかと心配していたんだ。来てくれてありがとう」

「おまえの誕生日をすっぽかすわけがないだろう」

リニは上着のポケットから小さな箱を取り出してグイドに渡した。「誕生日おめでとう」

二人は抱き合ったあと、バーカウンターのある広間に入った。グイドはプレゼントの箱を開け、毛鉤をつまみ上げた。「欲しかったんだ、これ」

「よかった。さっそく今度の週末に釣りに行かないか。日曜日は予定を空けておくよ」このところずっと働きづめだったので、リニもひと休みしたかった。

「いいとも」グイドはにっこりしてプレゼントをポケットにしまった。

ブロンドでハンサムなグイドはどんな女性でもより取り見取りだ。さらに立派な家名と財産があるため、どこへ行っても引っ張りだこだが、少し冷めたものの見方をするところがあり、自分を一人の人間として見てくれる女性などいないのではないかと思っている。リニにとってグイドは無二の親友だ。いつかグイド・ロッサーノの心を射とめるにふさわしい女性と結ばれることを願っている。

リニ自身も立派な家名と莫大《ばくだい》な財産を持ち合わせ

ているため、世の中の独身女性から狙われているのは確かだが、やはり相手が一人の人間として自分を愛しているのかどうか疑問を抱いてしまう。さらに不妊問題もあるせいで、独身のまま一生を終える可能性もあると思っている。

「パーティーは楽しかったか？」

「楽しいというのはちょっと違うな。大手の服飾メーカーが船上でファッションショーを開いて、その模様を撮影したいと父に頼み込んだものでね。おまえは見逃したけどな」

「それは残念だった」

リニはグイドとともに階段を下りてデッキに行き、友人の両親や親族に挨拶した。みんなナポリ社交界の名士で、ほとんどはすでに面識がある。

二人は料理が並べられている場所に移った。空腹だったリニは皿にたっぷりと料理を盛りつけたあと、少し離れたところに置かれたテーブルの前に座っているグイドのもとに行った。そこなら二人きりで話ができる。

「メールにアドバイスが欲しいと書いてあったが、いったいどうしたんだ？」

グイドが口を開きかけたとき、父親のレオニデスが近づいてきた。長い髪の魅力的な女性を二人伴っている。リニはグイドと目配せを交わした。グイドは話の邪魔をされたことにいら立っているようだ。

それでも二人は礼儀正しく立ち上がった。

「デーア・ロティ、ダフネ・ブテッリ、私の息子のグイドとその親友のリニエーリ・モンタナーリを紹介しよう」

「よろしく」リニは二人の女性を交互に見た。

「せっかくのショーを見逃したな、リニ」レオニデスが言った。

「どうしても会議から抜けられなかったもので」

「まあ、こうして来てくれたのだからいいだろう。

こちらの女性二人はもうじき帰らなければならないそうだ。その前に一曲、踊ったらどうかな？」

　グイドの父親は相変わらず息子の縁結びをしようとしているらしい。父親に急《せ》き立てられて憤慨している友人の気持ちもわかるが、リニは快くレオニデスの勧めに応じた。「喜んで」

　リニは紫色のドレスを着たデーアという女性に近づき、手を取ってダンスフロアへ連れていき、腕の中に抱き寄せた。

「ファッションショーには行ったことがないんだ。見逃して残念だった」

「〈モンタナーリ・コーポレーション〉の最高《C》経営《E》責任者《O》ともなれば、週末にそんなところへは行かないでしょうね」

　見ると、グイドはもう一人のモデルと踊っている。

「モデルの仕事も大変だろうな。何か食べる暇はあったのかい？　おなかがすいているなら、無理にダンスをしなくてもいいんだよ」

「ありがとう。でも、何もいらないわ。スタイルに気をつけなければいけないから」

「確かに節制しているようだね」

　デーアは魅惑的な笑顔を見せた。「お住まいはナポリ？」

「いや、会社がここにある」

　驚いたことに、デーアは両腕をリニの首に絡ませた。「ダフネと私はナポリにもう一泊して、明日の午後、グランドホテル・パーカーズで開かれるファッションショーに出るの。そのあとにはローマのショーが待っているわ。よかったら明日の夜、ショーのあとで一緒に食事でもいかが？」リニを見つめる目には誘いかけるような表情が浮かんでいる。

「あいにく今は予定がはっきりしないんだ。でも、このダンスは間違いなく楽しかった」

「それなら、はっきりしたら、七時ごろグランドホテル・ベズビオに電話して、デーア・ロティを呼び出して」そう言うと、デーアはいきなりリニの唇に熱烈なキスをして、すばやくその場から立ち去った。

　リニがテーブルに戻ると、数分後にグイドも戻ってきた。「父が余計なことをしてすまなかった。さっきキスされているのを見たけど、また彼女と会うつもりか？」

「まさか」あんな押しの強いやり方にはうんざりだった。「おまえのほうはどうだった？」

「全然興味ないね。父が言っていただろう。おまえはイタリアでいちばん結婚相手に望ましい独身男性なんだ。もちろん僕の次にだけどな」グイドは少しも面白くなさそうに言った。

　リニは首を振った。

　グイドは親友をじっと見つめた。「彼女はおまえの鎧《よろい》の下にあるものに直接触れようとしたのかもしれないな」

「うまくいかなかったけどな」

　グイドはいら立たしげにため息をついた。「父はいつ諦めたらいいのか自分でもわからないんだ。実は、おまえと話したいと思ったのは父のせいでもあるんだ。僕は決めたよ。一年間家業を離れて、本当にしたいことをする。父は気に入らないだろうが、僕はおまえの意見を聞きたいんだ。まず、バーへ行って飲み物を取ってこよう」

　いったい何をしたいというんだ？　リニはグイドのあとをついていきながら考えた。

　二十八歳のアレッサンドラ・カラッチョロは同僚たちと海に潜ったあと、新たな発見もないまま、月曜日の夕方帰路についた。ブルーノ・トッツィはダイビング用の器材を彼女のクルーザーに置いていき、近いうちに取りに来ると言った。ブルーノがわざとそうしたことは明らかだった。そうすれば、また彼女に会う口実ができるからだ。

　前回、二人で組んで潜ったときから、ブルーノはずっとアレッサンドラと一緒にいたいと思っていることを隠さなかった。だが、彼女のほうはまったく恋愛感情は持っていない。仕事上ブルーノや同僚たちと互いに相手の安全に責任を持ち合う相棒《バディ》として海に潜るけれど、彼らとの関係はそこまでだ。今度会ったとき、ブルーノに個人的な興味はないことをはっきり伝えるつもりだ。

　アレッサンドラはカラッチョロ家専用の桟橋に船をつないだ。ビーチサンダルをはき、ブルーに白の水玉のビキニの上に男物のシャツを羽織り、ダッフルバッグを肩にかけてランド・ローバーに向かった。

　車に乗り込むと、砂浜をあとにしてヘリポートの横をまわり込み、城の正面に向かった。着いたらすぐにシャワーを浴びて髪を洗おう。しょっちゅう海に潜るので、髪は首までの長さに切ってある。短いほうがすぐに乾くし、少し癖のある髪も扱いやすいのだ。

　正面玄関近くで車をとめたとき、前庭にとまっているリムジンに気づいた。車はバジリカータ州の港町メタポントから本土とこの島をつなぐ海中道路を通ってやってくるが、午後五時以降はどんな訪問者も入ることを許されない。

　アレッサンドラの家族が住む城は、イオニア海の沖に浮かぶポッソという小さな島にあり、起源は一三四三年にナポリを統治したジョヴァンナ女王の時代にまで遡る。毎週火曜日と水曜日には一日に四時間だけ、観光客はガイドとともに城内を見学できることになっているが、それ以外にも世界じゅうからさまざまな要人がアレッサンドラの父親オノラート・カラッチョロ伯爵を訪ねてくる。

　アレッサンドラは車を降りて急いで城内に入り、広々とした玄関ホールの壁にかかっている女王のタペストリーの前を通り過ぎた。シャワーを浴びて着替えるまでは誰とも会いたくない。

大階段の一段目に足をかけたとき、どこからか低い男性の声が聞こえた。「シニョリーナ？」

アレッサンドラが振り返ると、少し離れたところに信じられないほど魅力的な長身の男性が立っていた。チャコールグレーのビジネススーツに身を包んだ黒い髪のその男性は眉をひそめながら近づいてくる。アレッサンドラは片手でダッフルバッグを持ったまま、もう片方の手で階段の手すりをつかんだ。

見知らぬ男性はしげしげとアレッサンドラを見た。「幻覚かと思ったが、やっぱりきみだ。土曜の夜に会ったあと、髪を切ったんだね。どうして今日、僕がここに来るとわかったんだ？　それに船の上ではローマで別のショーがあると言っていたのに」

黒く鋭い目がアレッサンドラの顔や体をさまよっている。またただわ。この男性と一卵性双生児の姉デーアとの間に何かあったのだろう。こんなすてきな男性に会ったのは初めてだ。アレッサンドラは美しい姉が羨ましくなった。私よりも先にこの男性と出会えたなんて……。

アレッサンドラは咳払《せきばら》いをした。「すみませんが、シニョール、私はデーアではありません」

潜水調査から戻ったばかりのだらしない格好を見られたのが恥ずかしく、アレッサンドラは一目散に階段を駆け上がった。それでも、背中やあらわな脚に注がれる視線を感じて身を震わせた。

とうとうデーアは探し求めていた理想の男性に出会ったのかしら？　姉はいつも素性を隠して〝デーア・ロティ〟という名前でモデルをしているので、カラッチョロ伯爵の娘だとは誰も知らないだろう。デーアがあの男性に秘密をもらしたのなら、二人の関係が真剣なものだという証拠だわ。そうでなければ、デーアがここに住んでいることを知っているはずがない。

きっとデーアがあの男性を招待したんだわ。家族に紹介するために？　でも、さっきの目つきからすると、彼は私に会ってもうれしそうではなかった。デーアは双子の妹がいることを話していないのかもしれない。どうしてかはわからないけれど。

ついに姉の人生に大切な男性が現れたのかと思うと、アレッサンドラの気持ちは複雑だった。姉の目標は、モデルの仕事を最大限に利用して理想の男性を見つけることだ。両親は大喜びするだろう。

六年前、アレッサンドラとデーアは一人の男性をめぐってつらい経験をした。アレッサンドラが結婚を考えていたその男性は、デーアと会ったとたん心を奪われ、デーアのあとを追ってローマに行ってしまった。二人の関係は長続きしなかったが、恋人と姉に裏切られたアレッサンドラは深く傷つき、立ち直るまでに長い時間がかかった。姉妹の間に溝ができたこの一件以来、どちらの人生にも大切な男性は現れていなかった。

この二年間、アレッサンドラはつらい過去を忘れ、以前のように姉と仲よくしようと努力した。デーアは仕事が忙しいらしく、家に帰ってきたかと思うとすぐにまた出かけてしまうが、つかの間のひとときを家族はなごやかに過ごした。この夏、ローマに戻ったあと、デーアは恋に落ちたようだ。船上の恋なんて……あのすてきな男性が船の持ち主なら、デーアは望みどおりの暮らしを続けられるわ。

でも、玄関であの男性と出くわしたとき、妙に心が揺れ動いたのはなぜかしら。まさか……いいえ、最近、男性とのつき合いがないからかもしれない。

自分の部屋に入ると、アレッサンドラはダッフルバッグをどさりと床に置いてシャツを脱いだ。頭の中ではまだデーアのことを考えている。この一カ月半、デーアとは会っていない。姉は子どものころからファッションやモデルの仕事に興味を抱くようになり、その後ずっとその道を進んでいる。

一方、アレッサンドラはまったく別の道を歩んできた。いつからこの地域にある古代文化の遺跡に興味を持ち始めたのか思い出せない。この城自体も遺跡の上に建てられている。大学時代から考古学の分野でいろいろな研究に携わってきたが、あくまでも地中海民族としての視野に立ち、とくに南イタリアに重点を置いている。

もしスキューバダイビングができなかったら、カターニア大学の考古学研究所の同僚と一緒に潜水調査をするという夢を実現できなかっただろう。ダイビングは誰もができるものではない。デーアには私の熱中ぶりが理解できないようだけれど、それでもかまわない。両親は娘たちがそれぞれの道で頑張っていることを認め、応援してくれているからだ。

シャワーを浴びて髪を乾かしたあと、アレッサンドラはアイボリーの麻のブラウスとベージュのパンツに着替えた。それから珊瑚《さんご》色の口紅をつけ、カーキ色のウェッジヒールの靴をはいて部屋を出ると、両親を捜しに行った。恋愛結婚をした両親はとても仲がよく、仕事も遊びもすべて二人一緒だ。姉妹にとって、両親は理想の夫婦だった。

両親の部屋に行く途中、アレッサンドラは家政婦のリオナに出会った。十八歳のときからずっとこの城で働いてきた彼女は家族の一員とも言える存在で、ほかの大勢のスタッフをうまくまとめている。

「お母さまをお捜しなら、二日前、ターラントにいらっしゃいましたよ。伯母さまが転んで腰の骨を折られたので、お見舞いに」

「フルヴィア伯母さまが？　お気の毒に」

「伯母さまはじきによくなられるそうですが、お母さまはあと一日か二日、あちらにいらっしゃるかもしれません」

「二人に電話しなくちゃ」

アレッサンドラとリオナは一緒に階段を下り始めた。「お嬢さまが無事に戻られてよかったですわ。お父さまもどれほど心配していらっしゃることか」

私の身を案じているのはリオナのほうだろう。スキューバダイビングは危険だと思い込んでいるのだから。アレッサンドラはリオナを抱き締めた。「私もあなたに会えてうれしいわ。アルフレードの具合はどう？」リオナの猫はずっと具合が悪い。

「獣医さんの話では、もう年だから、階段を上り下りするのはよくないそうです」

「それじゃ、私が運んであげるわ」

「ありがとうございます。今回の調査は収穫がありましたか？」

「あったらいいんだけれど」

「そうですか。でも、また次がありますからね。おなかはすいていませんか？　コックに言って用意させますよ」

「わざわざ手を煩わせることはないわ。あとで自分で何か食べるから。ありがとう、リオナ」

さっき会った男性はまだお父さまと一緒にいるのかしら？　アレッサンドラは父親の執務室に急いで向かいながら、またあの男性のことを考えている自分にいら立った。

「ただいま、お父さま」

「おかえり、アレッサンドラ」オノラートはデスクの椅子から立ち上がり、娘を抱き締めた。「今回の調査はずいぶん長かったじゃないか」

「たった一週間よ」

「それでもおまえがいないと寂しくてね。楽しかったかい？」

「ええ。でも、重要なものは見つからなかったわ」

アレッサンドラはデスクの向かい側にある革張りの椅子に腰を下ろした。「それより、フルヴィア伯母さまが腰の骨を折って、お母さまがターラントにお見舞いに行ったんですって？」

　父親はうなずいた。「フルヴィアは全快するそうだ。明日にはお母さんも帰ってくるだろう」

「ああ、よかった。それで、私の留守中にほかにどんなことがあったの？」

「思いがけないことが起きた。おまえが帰ってきてくれてよかったよ。誰よりもおまえの意見を聞きたいんだ。おまえは頭がいいからな」

「それはお父さまとお母さま譲りよ」アレッサンドラが言うと、父は笑った。やっぱり私の勘は当たっていたのかしら。「その話はさっき玄関で私が会った男性と関係があるんじゃないでしょうね？」

「実はあるんだよ。いつあの男と会ったんだ？」

「帰ってきたとき、あの人に話しかけられたの」

「あの男は自己紹介したのかい？」

「いいえ。私が階段を上ろうとしたとき、あの人は私をデーアと間違えて声をかけてきただけだもの」

「別に驚くことではないだろう。そこいらじゅうにデーアの顔があるからな」

「お父さま」アレッサンドラは父親にほほ笑みかけた。「とぼけても無駄よ」

「なんのことだね？」

「あの人はデーアのことで来たんじゃないの？」

　伯爵は目をぱちくりさせた。「そんなことはないと思うがね」

「あら、そう。あの人はいったい何者なの？」

「おまえが書物と水中遺跡の世界にのめり込んでいなかったら、あの男がイタリアのエンジニアリング業界で強い影響力を持つ会社のＣＥＯ、リニエーリ・モンタナーリだと気づいただろうな」

「私だってモンタナーリという名前くらい知っているわ。知らない人なんていないでしょう？」

　父親は椅子の背にもたれ、両手の指先を合わせた。

「モンタナーリ一族は莫大な富を築いたが、リニエーリは切れ者のCEOで、会社をさらに発展させている。一週間前、彼がある事業計画について相談したいと言ってきたんだ」

「面白そうな話ね」

「おとといの夜、ローマで行われたヨーロッパ経営者会議のあと、あの男がニュースに出ていた。目を輝かせながら経済を発展させる秘策があると言っていたよ。今日は二人で大まかな話をしたんだが、明日もっと具体的な問題を話し合うことにした」

「あの人の狙いはなんなの？」

「私の土地で石油が出るか掘ってみたいそうだ」

「この五十年間に同じ話を持ちかけてきた人は大勢いたんでしょう。うちの土地は売り物じゃないのに、どうしてあの人はまたやってくるの？」

「モンタナーリはほかの連中とは違う。ここの土地を借りたいと言っているんだ」

「お父さまは貸すつもりなの？」

「今、考えているところだ」

「驚いたわ」

「どうして？」

「この土地は神聖なものだと思っていたから」

「貸すことと売ることとは違うだろう」

「確かにそのとおりだけれど……」

「アレッサンドラ、何か気になることがあるんだろう？　どうしてモンタナーリがデーアのことでここに来たんじゃないかときいたんだ？　デーアから何か聞いているのか？」

「いいえ。もう二カ月近く話もしていないわ」

「モンタナーリがデーアと会ったことがあるとしても、私には何も言わなかったよ」

「うちの家族のことを知らなければ、何も言わないでしょう」

「だが、知っていたらどうかな？　そうなると、鶏が先か卵が先かという話になるんじゃないか？」

「どういう意味？」

「あの男は私に連絡してくる前にデーアと会っていたのかもしれない」

「どうしてそのことが気になるの？」

「おまえたちを愛しているからだ。おまえたちはターラント家とカラッチョロ家の娘として生まれた。由緒ある家柄のことを考え、私はいつも悪い男たちからおまえたちを守りたいと思っているんだよ」

「まさか〈モンタナーリ・コーポレーション〉のCEOがそういう類の男だと思っているわけじゃないでしょう？」あの魅力的な男性が？　信じられない。

「私たちはもう爵位を使っていないが、世の中にはわが家の金銭的価値を計算する人間がいる。そういう連中の狙いはおまえたちの愛ではなく、財産だ」

　アレッサンドラは眉根を寄せた。「あの人は財閥の出だから、もう財産は必要ないでしょう」

「そう思う者もいるだろう。だが、それでも足りないと思う者もいる」オノラートは娘と目を合わせた。「私だってそんなことは考えたくない。だが、モンタナーリの狙いがデーアと結婚してうちの土地を手に入れることだとしたら、私は気に入らんな」

　私だって気に入らないわ。「私は信じないわ、そんな話」信じたくなかった。あの人がそんな人間だなんて。デーアとシニョール・モンタナーリの間に何があったにしろ、そのことは考えたくない。アレッサンドラは立ち上がった。「こんなことで頭を悩ますのはやめましょう。もう食事はすんだの？」

「いや」

「何か持ってくるわ」

「せっかくだが、おなかがすいていないんだ」

「私はぺこぺこよ。帰ってきてから何も食べていないの。ちょっとサンドイッチでも食べてくるわ。用があったら、図書室にいるから」

アレッサンドラは執務室を出てキッチンへ行き、軽い食事をすませてから、一階にある図書室のほうに歩いていった。一族の歴史の宝庫とも言うべきその部屋に入れば一人になれる。数年前にその一角を仕事部屋にしたのだ。ファイルキャビネットを並べ、最新式のパソコンとプリンターを設置し、自分で編集したビデオを見るために大画面テレビを置いてある。

アレッサンドラはデスクの椅子に腰を下ろし、ジョヴァンナ女王の伝記の執筆を始めた。仕事が進み始めたころ、電話のベルが鳴った。かけてきたのは父だ。

「ちょっと知らせておこうと思ってな。メタポントで用事があるから、ヘリの準備ができしだい、出かけるよ」

「同伴者が必要なの？　私が一緒に行ってもいいけれど」

「今夜は一人で大丈夫だよ、おちびさん《ピッコラ》」アレッサンドラはデーアが誕生した三分後に生まれたので、こんな愛称がつけられた。「調査から戻ったばかりで疲れているだろうから、今夜は早くやすみなさい。話は明日の朝にしよう。二、三時間留守にするが、今日じゅうには戻るよ」

「わかったわ」

アレッサンドラが仕事に戻ると、しばらくしてヘリコプターの飛び立つ音が聞こえた。さらに一時間仕事をしたあと、そろそろ寝ようと部屋へ行った。ところが、ベッドに入ると過去の記憶がよみがえってきて、なかなか寝つけない。

性格はまったく違うものの、デーアとアレッサンドラはとても仲がよかった。けれど、大学時代、アレッサンドラの前にフランチェスコが現れてから、状況は一変した。アレッサンドラは恋に落ち、二人は結婚のことを話し合うようになったが、婚約を前にフランチェスコはデーアと会ってしまった。アレッサンドラよりも自信にあふれ、すでにモデルの仕事を始めていた姉と。

美しくて愛嬌《あいきょう》のあるデーアは十代のころから男性の注目の的だった。そんな姉を見ていると、アレッサンドラは自分が面白みのない人間のような気がした。もちろん魅力的でもない。それでも、いつもその事実を受け入れ、仲のいい二人の関係を壊さないようにしてきた。それもフランチェスコがデーアと出会うまでのことだ。そのときからすべてが変わった。アレッサンドラは恋人を失いそうだと思ったが、どうすることもできなかった。

フランチェスコはデーアのあとを追ってローマへ行った。それ以来、彼には会っていない。その後届いた手紙には、デーアを好きにならずにいられなかった、自分をあまり憎まないでほしいと書かれていた。二カ月間、アレッサンドラはデーアと顔を合わせなかった。久しぶりに家に戻ってきたデーアは、あんなことになって残念だわ、と言った。さらに、逃避行を計画したのはフランチェスコで、ローマに着いてすぐに彼がつまらない男だとわかったと説明した。あんな男と縁が切れてアレッサンドラは幸運だった、と。

フランチェスコと実の姉に裏切られたことで、アレッサンドラは心に深い傷を負った。姉妹として愛情を抱いていたデーアとの関係はそのときからぎくしゃくし始め、アレッサンドラはまた男性を信用できるかどうかわからなくなった。デーアはつねに美しく、いつも私を出し抜く。誰もがデーアを好きになるように思えた。

私は頭脳明晰《めいせき》で冒険心を持った考古学者という評判を受け入れるしかなかった。二十八歳になった今、ついにデーアに嫉妬する気持ちを克服したと思っていた。でも、それは思い違いだわ。本当に克服していたら、シニョール・モンタナーリが先にデーアと出会ったと知っても、あんなに心がざわめかなかったはずだもの。

お父さまの言うとおりなら、なんとも皮肉な話だわ。あの男性は本当に欲しいものを手に入れるためにデーアを利用しているのかもしれないのに、姉妹は二人そろって人を見る目がないなんて。六年前に好きになったフランチェスコはデーアに会ったとたん、心変わりした。そして今、どんな女性も憧れるようなシニョール・モンタナーリが現れた。この男性に何か思惑があるとお父さまが知ったらどうなるかしら?

さまざまな思いが頭の中を駆けめぐり、アレッサンドラはひと晩じゅう寝返りを繰り返すばかりだった。

2

火曜日の朝、目を覚ましたアレッサンドラは手早くシャワーを浴び、ジーンズとブラウスに着替えた。髪をとかして口紅をつけ、サンダルをはいて廊下に出ると、階段の前を通り過ぎて両親の続き部屋へ向かった。

ノックをしても返事がないので、ドアを開けて呼びかけた。「お父さま?」居間のほうでコーヒーを飲みながら新聞でも読んでいるのかと思ったが、部屋には誰もいない。アレッサンドラは眉をひそめながら階段のほうへ戻り、急ぎ足で階下に下りると、家族が朝食をとるときに使う小さなダイニングルームへ歩いていった。

ドアを開けたとたん、アレッサンドラはどきりとした。壁際に置かれた半円形のテーブルの前に姉がたたずみ、コーヒーをついでいる。

「デーア！　驚いたわ。おかえりなさい」目の覚めるようなブルーのワンピースを着てハイヒールをはいたデーアは相変わらず美しい。アレッサンドラは姉に駆け寄って思いきり抱き締めた。「お父さまはどこ？」

「執務室よ」

「帰ってくるなんて知らなかったわ」アレッサンドラはグラスにジュースをつぎ、ロールパンに手を伸ばした。

「私も帰るつもりはなかったけれど、ゆうべ、お父さまから電話があったから」

「あら、そうだったの？」

アレッサンドラに向けたデーアの目には冷たい表情が浮かんでいる。「リニエーリ・モンタナーリが事業の話でここに来たそうね。お父さまは私が彼とつき合っているのかどうか知りたがっていたわ。いやに心配しているようだったから、帰ってきてお父さまと直接話そうと思って」

「お父さまは私たちを守ろうとしているのよ」

二人はテーブルについた。

「私が知りたいのは、どうしてあなたがリニエーリ・モンタナーリを知っているのかということよ」デーアはとげとげしい口調で単刀直入に言った。

「知らないわ。お父さまから聞かなかったの？　昨日、私が潜水調査から戻ったら玄関ホールにシニョール・モンタナーリがいて、階段を上りかけたとき、声をかけられただけよ。あの人は私をあなただと思ったの。あの人が何者なのか全然知らなかったわ」

「彼は何か言っていた？」

「あなたがここにいるので驚いたようだったわ。それで、土曜の夜に会ったあと髪を切ったんだねって言ったわ。それから、僕がどうして今日ここに来るとわかったのか、船の上ではローマで別のショーがあると言っていたのにって。私はデーアじゃないと言って、すぐに階段を上ったの。それだけよ」

デーアはゆっくりとコーヒーを飲んだ。「それじゃ、彼は船で会った話をしたのね」

「ええ」

「彼が話したのはそれだけ？」

「それだけよ」

デーアの口元がこわばった。

「お父さまとその話はしたの？」

デーアはコーヒーを飲み終え、カップを置いた。

「まだよ。でも、もうすぐお父さまと一緒にメタポントへ戻るから、そのときに話すわ」

「ゆうべ帰ってきたばかりなのに？」

「またショーがあるからローマに戻らなければならないのよ。シニョール・モンタナーリとの話が終わったら、お父さまがヘリで空港まで送ってくれることになっているの」デーアは腕時計を見た。「三十分前から二人は一緒にいるのよ」

自分だけ仲間はずれにされたことを思い知らされ、アレッサンドラは気落ちして立ち上がった。「それじゃ、ここでさよならね」かがみ込んでデーアの頬にキスした。

何がどうなっているのか突きとめるには、父親と二人きりで話せるまで待つしかない。デーアはリニエーリ・モンタナーリとの関係を明らかにしないまま、ローマに戻ろうとしている。しかも、こんなに冷たい態度をとるのは久しぶりだ。

アレッサンドラはダイニングルームを出ると、急ぎ足で図書室へ向かった。そこに行けば、一人で仕事に没頭することができる。

二時間後、携帯電話のベルが鳴った。表示画面を見ると、かけてきたのは父親だった。「お父さま？

今、どこにいるの？」

「メタポントの空港でお母さんを待っているところだよ。ターラントからこっちに来ることになっているんでね」

「デーアはローマに戻ったの？」

「少し話をしたあと、飛行機に乗せたよ」

「お父さまは昨日よりも落ち着いているようね。すべてうまくいっているの？」

「ちょっとした誤解があったが、シニョール・モンタナーリと話をして問題が解決した」

　私だけがほとんど何も知らないという問題以外はね。「それならよかったわ。デーアはどうだった？私には冷たい態度をとっていたけれど」

「私がデーアを怒らせたからだろう。余計な口出しをしたことを謝ったあと、ちゃんと説明したよ。シニョール・モンタナーリが不誠実な男だという可能性もあるから、私は娘を守ろうとしただけだとね。おまえは何もしていないから、心配しなくていい。それより、本題に入ろう。今日はこのあと何か予定はあるのかね？」

「伝記の仕事を続けるつもりだけれど」

「ちょっと私のために時間を割いてくれないか？」

「いいわよ」

「これから数日間、シニョール・モンタナーリが城に滞在することになった」

　アレッサンドラはもう少しで椅子からずり落ちそうになった。リニエーリ・モンタナーリに対する父親の態度の変わりようは驚くほどだ。

「彼は今日、カラッチョロ家の所有地について詳しい誰かに案内を頼みたいそうだ。私は何時に帰れるかわからないから、シニョール・モンタナーリを車に乗せてあちこちまわったり、いろいろな質問に答えたりすることができるのはおまえしかいない。おまえは大学の研究所で働いているから、現状を変えることの重要性やシニョール・モンタナーリの事業計画が南部の環境にどのような影響を与えるかわかるだろう。引き受けてくれないか？」

父親に褒められてアレッサンドラはうれしかったが、早くも心臓が激しく鼓動している。父親の頼みをきいたら、イタリアじゅうに名を知られた男性と一緒に過ごすことになる。けれど、父はまだデーアとシニョール・モンタナーリの関係がどういうものなのか話してくれていない。

「いいわ」そうは言ったものの、リニエーリ・モンタナーリに強く惹《ひ》かれているので、その気持ちが表に出ないようにしなければならない。妹が彼に言い寄っているとデーアに勘繰られたくない。

「帰りはあまり遅くならないでくれ。一緒に夕食をとろうとシニョール・モンタナーリに言ってあるんだ。リオナが彼を三階の来客用寝室に案内した。たぶん今ごろは昼食をとっているだろう。そろそろお母さんの飛行機が着くころだから、電話を切るよ。またあとでな」

リニが二杯目のコーヒーを飲み終えたとき、昨日、玄関ホールで見かけた美しい女性がダイニングルームに入ってきた。あのときは気づかなかったが、彼女はデーアのようにほっそりしていない。だが、そのほうがリニの好みには合っている。

「シニョール・モンタナーリ？ お待たせしてすみません。私はアレッサンドラです」少し息を切らしていて、頬が赤らんでいる。

今朝、カラッチョロ伯爵からデーアとどういう関係なのかと尋ねられた。妙なことをきかれると思ったが、リニはありのままを答えた。そのとき、伯爵は自分の留守中、娘のアレッサンドラが所有地を案内すると言った。彼女は石油掘削が環境に与える影響について誰よりもよく理解しているから、案内役にふさわしいとのことだった。

　リニは立ち上がった。「また会えたね。一卵性双生児に会うのは初めてなんだ」

「デーアは私より三分前に生まれたんです」

「なるほど、それで違いが出るわけか」リニは冗談めかして言った。「僕には違いがわかるよ」ほほ笑みながらアレッサンドラに近づいた。「リニと呼んでくれないかな？」

　ちょっとためらったあと、アレッサンドラは差し出された手を握った。「ポッソにようこそ、リニ。父からあなたがしばらくここに滞在すると聞きました。今日は私がこのあたり一帯を案内します」

「それはありがたいが、きみに迷惑をかけたくないな」

「ご心配なく。父にこれは大事なことだと言われているので」

　アレッサンドラは淡いピンクのシンプルな半袖のブラウスにジーンズをはいている。日焼けした肌は長時間屋外で過ごしている証拠だ。リニの視線は琥《こ》珀《はく》色の瞳から少し乱れた髪のほうに移った。ウエーブのかかった茶色の髪はところどころ金色に輝いている。

　アレッサンドラが手を引っ込めたとき、リニはマニキュアが塗られていないことに気づいた。彼女がとても自然に見えるのは化粧をしていないせいだ。ただし、口紅だけはつけている。その珊瑚《さんご》色が小麦色の肌に映え、リニの目をセクシーな唇に引きつけた。

「お父さんの話だと、きみはなんでも知っているそうだね」

「いやだわ、そんな言い方をしなくてもいいのに」

「お父さんは褒めたつもりなんだよ」

「娘には甘いのかしらね」自嘲ぎみに言う。「よかったらそろそろ出かけましょうか」

「では、よろしく」

リニはアレッサンドラの女らしい体つきを後ろから眺めながら城を出て、正面玄関近くにとめてあるランド・ローバーのほうへ向かった。

アレッサンドラはさっさと運転席に乗り込んだ。

「そのままだと窮屈でしょうから、座席を後ろにずらして」リニが助手席のドアを開けたとき、彼女は声をかけた。

リニは言われたとおりにしてから車に乗り込んだ。シートベルトを締めたあと、アレッサンドラは車を出し、海中道路を通って本土に渡った。彼女の運転技術はすばらしい。メタポントの小さな町を出たあと、車は古いオリーブの木立に覆われた丘陵地帯へ向かった。

「あなたがここに来た理由は父から聞いているわ。でも、どうして〈モンタナーリ・コーポレーション〉の最高経営責任者《CEO》が石油掘削のためにこのカラッチョロ家の所有地を借りたいと思っているの？　賃貸借契約となると、さまざまな制約を受けるでしょう」アレッサンドラは単刀直入に言った。

「この土地は売り物ではないかもしれないが、賃貸借契約なら双方に利益をもたらすことになる」リニは山脈が連なるバジリカータ州の農牧地帯を見渡した。「農業国イタリアは長靴の形をしているけど、土踏まずの部分にはヨーロッパ最大規模の陸上油田が隠れているんだ」

「その話は聞いたことがあるわ」

「イタリアでは一日に十一万二千バレルの石油が生産されているが、これは北海油田の十分の一でしかない。僕の目標は、これから五年以内にイタリアの石油生産高を二倍にすることなんだ。この土地がだめなら、ほかの場所を見つける。知ってのとおり、南部はまだ充分に開発されていないからね」

「ずいぶん大胆な目標ね」

「確かに。でも、ここに未開発油田がある可能性は高いし、十億バレル以上の原油埋蔵量があると期待している。きみのお父さんといろいろなアイデアを出し合って、低迷するイタリア経済を活性化させるために石油掘削をしながら現在の環境を守ろうと考えているんだ」

「まるで政治家みたいな言い方ね」

「自分の国の失業問題には誰もが関心を持つべきだ。だから、新たな雇用を生み出して、十二パーセントもある失業率をなんとか下げようとしているんだ。目的は石油を手に入れることだが、同時に農業開発を持続的に進めることで本当の意味で将来の方向性が見えてくるんじゃないかな」

「そのとおりね」アレッサンドラは引き続き車を走らせ、広大な渓谷を見下ろす尾根の頂上に向かった。

「ちょっととめてくれないか？　車から降りてこのあたりを見たいんだ」

　アレッサンドラは道路脇に車を寄せてエンジンを切った。リニが付近を歩きまわっている間、車にもたれて待ち、しばらくして戻ってきた彼に言った。

「あなたにはこの土地の下に眠っている石油が見えるんでしょうね。でも、私に見えるのは何世紀も前からここにある肥沃な大地。あなたの計画はここに巨大な醜い瘡蓋《かさぶた》を作るんじゃないかしら」

　リニは鋭い目つきで美しい卵形の顔を見つめた。

「ここに立ち並ぶたくさんの油井櫓《ゆせいやぐら》を想像しているなら、それは違うな。僕は山の陰に数台建てるだけにしようと考えている。そこから南に向かう道路は海に通じているから、そこで石油をタンカーに積み込む。この動きに気づく人はほとんどいないだろう」

「石油が見つかったら、もっと油井櫓が建つということでしょう？」

「それはあとで決めることになるだろうね」

「もし見つからなかったら？」

「この付近を事前調査した報告書にはかなりの埋蔵量があると書かれている。それを見つけるつもりだが、いつまで掘削作業を続けるかについての最終決定権はきみのお父さんにあるから、慎重に進めようと思っている。ちょっときいてもいいかな？」

「どうぞ」

「もし僕がジョヴァンナ女王に直訴してこの計画の利点を説明したら、きみはどう答えるべきだと進言する？　女王が統治していたのが遠い昔だということは忘れて。お父さんから聞いたけど、きみはジョヴァンナ女王の伝記を書いているそうだね。女王のことを徹底的に調べているわけだから、誰よりもよく知っているだろう。女王は危険を冒す人だったのかな？」

「ジョヴァンナ女王は高圧的な態度で反発を買ったウルバヌス六世に対立する新教皇クレメンス七世を支持したので、教皇が所有していたこの土地を与えられ、最終的にうちの一族に遺贈されることになったの。だから彼女は危険を冒す人間だと言えるでしょうね」

　リニの唇がぴくぴく動いた。アレッサンドラの知識の豊富さに興味をそそられたのだ。「女王は僕に拝謁を許してくれたかな？」

　彼女はじっとリニを見つめた。「それはわからないわ」

「ちょっと僕に調子を合わせて、女王になったつもりになって」

　アレッサンドラの口元に笑みが浮かんだ。「あのころは男性社会だったから、女王はどんな男性も信用しなかったでしょうね。とくにあなたの場合、二度目の拝謁は許されなかったはずよ」

「どうして僕の場合はだめなんだ？」

「あなたはとてつもなくハンサムだから、女王がだまされる可能性が高くなるもの。あなたの計画をよく考えてみるから、少し時間をもらえるかしら」

「つまり、まだ僕を追い出すつもりはないということかい？」

アレッサンドラは運転席のドアを開けた。「もちろんよ。それをするのは父ですもの」そう言うと、車に乗り込んでエンジンをかけた。

リニは助手席側にまわった。「それなら、今度は海に通じる道を走ろう。途中で将来のベストセラーになるきみの本についてもっと聞かせてほしいな」

「それより、あなたの事業計画が重要だと思う理由をもっと聞かせてほしいわ。父はきっと母と伯母の考えも聞くはずよ。この土地は父の一族が代々受け継いできたものだけれど、父はいつも母と伯母の意見を重視しているの」

「最終的に決断を下すのは誰なんだい？」

「ビジネスのこととなると、三人は意見がまとまるまでああでもないこうでもないを繰り返すの」

「お父さんは〝女の中に男が一人〟という状況なんだね」

アレッサンドラは顔をほころばせた。「フルヴィア伯母が言うには、成功した男性の陰には必ずもっと成功した女性がいるんですって」

「ご両親は愛し合っているのかな？」

「とっても」

「それはいいことだ。母が亡くなる前、うちの両親もとても仲がよかった」

「お母さまが亡くなられたのは残念だけれど、すばらしいご両親を持ってあなたも幸せね」アレッサンドラは心から言った。車は谷のほうへ下りていく。

「あなたのお父さまはこの計画をどう思っていらっしゃるの？」

「父とはいつも仕事のことを話し合っているけど、今回は僕がどこにいるのかも知らない」リニは振り向いて美しい横顔を見た。「今回は時間をかけて自分で調査することにしたんだ。どこへ行くのか誰にも言っていない。親友にもね。だからきみをデーアだと思ったとき、びっくりしたんだよ。どうして僕の行き先を知っているのかわからなくて」

　アレッサンドラはもの問いたげな目つきでリニをちらりと見た。「それじゃ、あなたがこの話を持ちかけた相手がデーアの父親だったというのは本当に偶然だったの？」

「船でお姉さんと会ったときは、デーア・ロティと紹介された。だが、誤解はもう解けているよ。実際は単純な話で、僕はきみをデーアだと思っただけなんだ。それでも、お父さんに会う前にきみに声をかけたりしなければよかった。お父さんから双子の娘がいると聞いていたら、あんな誤解は生じなかっただろうからね。でも、きみがあんなふうにいきなりいなくなってしまうとは思っていなかった」

アレッサンドラの胸の鼓動が速くなった。

「あのときはひどい格好だったから、こっそり城に入るところを誰にも見られたくなかったの」

「僕が立っていた場所からは見えたよ」

　アレッサンドラはごくりと唾をのみ込み、ハンドルを握り締めた。「子どものころはよくデーアと私は間違われたわ。姉がトップモデルになった今は、そういうことはあまりないけれど。デーアは本当にきれいだから。私は以前から一卵性双生児でも見た目は違うと思っていたの。でも、ほかの人には違いがわからないでしょうね。だから私の短い髪を見てあなたが驚いたのも無理はないわ」

　髪だけではない。リニにはしだいにわかってきた。アレッサンドラは多くの点で姉やほかの女性とまったく違う。あまりにも純粋で魅力的なので、こちらが当惑するほどだ。「そのヘアスタイルはすてきだし、よく似合っているよ」

「ありがとう」

「どうしてお父さんがきみたちを守りたいと思っているか、その理由がわかる気がする」

車はメタポントと海中道路に通じる十字路に着いた。だが、リニはまだ城に帰りたくなかった。なぜかアレッサンドラのことをもっと知りたいという思いに駆られている。

「海岸沿いに車を走らせる時間はある？　船が出入りできる場所を調べたいんだ」

「それでもいいけど、実際の感じをつかみたいなら、船に乗って調べたほうがいいんじゃないかしら」

「それじゃ、メタポントに着いたらマリーナを見つけて、明日、船をチャーターしよう」

「その必要はないわ。父がうちのクルーザーでご案内するでしょうから。そうすれば、船の上で仕事の話もできるでしょう」

「それなら、今日一日つき合ってもらったお礼に、今夜は町でごちそうさせてほしいな」

「どうぞお気遣いなく。両親があなたと一緒に夕食をとりたいそうですから。私は城に戻ったあと予定があるので」

アレッサンドラに断られたからといってがっかりすることはない。リニは自分にそう言い聞かせた。たぶん今彼女にはつき合っている男がいるのだろう。当然だろう？　彼女はすてきな女性だ。きっと男たちが群れをなして押し寄せてくるに違いない。

父親の代わりに所有地を案内するという義務を果たしたあと、アレッサンドラに別の予定があったとしても自分には関係ないことだ。だが、彼女がほかの男に興味を持っているかと思うと、なぜかリニは不愉快だった。

水曜日の朝、アレッサンドラがシャワーから出たのと同時に携帯電話のベルが鳴った。発信者は母だ。

「もしもし、お母さま？」

「おはよう、ダーリン」

「おかえりなさい。伯母さまの様子はどう？」

「だいぶよくなったと思っていたから昨日帰ってきたんだけれど、ゆうべ、シニョール・モンタナーリと一緒に食事をしたあと、フルヴィアから電話があったの。新しい鎮痛剤の副作用が出て、ひどく怖がっているのよ。だからお父さまと二人で行くと言ったの。今、空港に向かっているところだけれど、また向こうに一泊して様子を見るわ」

「もう出発したの？」アレッサンドラは驚いた。

「まだお母さまの顔も見ていなかったのに」

「そうね。ゆうべはどこに隠れていたの？　あなたも一緒に食事をすると思っていたのに」

「図書室にいたのよ。執筆が遅れているから、シニョール・モンタナーリを連れて帰ってきたあと、真っすぐ図書室に行って仕事に取りかかったの」

「あなたがいなくて残念だったわ。潜水調査の話を聞きたかったのに、次の機会にしなければならないわね。フルヴィアは本当につらそうなのよ」

「かわいそうに。近いうちに私もお見舞いに行くから、よろしく言っておいてね」

「フルヴィアも喜ぶわ。ところで、お父さまがまたシニョール・モンタナーリの案内役を引き受けてくれないかと言っているの。今日は船で沿岸を調査したいそうよ。うちのクルーザーで連れていってもらえないかしら？」

アレッサンドラは息を吸い込んだ。「まず一つ質問させて、お母さま。あの人がうちの土地を借りて石油を掘削するという話をどう思っているの？」

「正直なところ、気に入らないわ」

「私もよ」

「先祖代々受け継いできた土地に手を加えるのはよくないわ。お父さまは私の考えをご存じだけれど、シニョール・モンタナーリの計画にも利点があると思っているの。でも、私は納得していないわ。どんな結論を出すにしろ、その前に議論を重ねなければならないわね」

「お父さまはお母さまほどはっきりした意見は持っていないようね」

「お父さまはシニョール・モンタナーリの考えが気に入って、もっと話を聞きたいと思っているのよ。あなたはどう思っているの？」

「あの人は雇用を増やすことで経済を活性化したいと力説していたわ。将来、政府高官になるつもりで、これはそのための実績作りなんじゃないかしら」

「シニョール・モンタナーリは切れ者だから、そういうことをするかもしれないわね」

でも、カラッチョロ家の土地には手を出さないで、と母は言いたいのだろう。昨日、シニョール・モンタナーリと一緒に過ごし、彼の話は聞く価値があるとアレッサンドラは思ったが、結論を出すのはまだ早すぎる。

「アレッサンドラ？　どうしたの？　なんだかいつものあなたらしくないけれど」

「私はただ、お父さまと話したときにデーアのことを持ち出さなければよかったと思っているだけよ。そのせいで、お父さまはデーアに電話したんですもの」

「お父さまから聞いたわ。シニョール・モンタナーリがレオニデス・ロッサーノの船でデーアを紹介されたと知って、お父さまは気をまわして過剰反応したの。あなたとはなんの関係もない問題よ」

「でも、昨日、所有地を案内している間にシニョール・モンタナーリから話を聞くまで、私は本当のことを知らなかったのよ」

「ごめんなさい。あなたがシニョール・モンタナーリとデーアを恋人同士だと思ったのも無理ないわ」

「昨日の朝、ダイニングルームで会ったとき、デーアは何も説明してくれなかったから」

「シニョール・モンタナーリはお父さまにはっきり言ったわ。デーアとはたまたま会って、紹介されただけだって」

「でも、たぶんデーアはもっと会いたいと思ったでしょうね」

「どうして？」

「二人の出会いがどうでもいい出来事なら、デーアはわざわざ帰ってくるかしら？」

「お父さまが心配していたからでしょう」

「そうね。でも、デーアは私の部屋に顔を出しにも来なかったのよ」

「アレッサンドラ、ゆうべ一緒に食事をしてみて、〈モンタナーリ・コーポレーション〉のCEOはとても説得力のある人だと思ったわ。もしデーアに気があるなら、ちゃんと将来のことも考えて自分の気持ちを伝えていたはずよ」

「お母さまの言うとおりね。でも、私がシニョール・モンタナーリを案内してまわっていると知ったら、デーアはどうするかしら？」

少し間を置いたあと、母が尋ねた。「あなたはシニョール・モンタナーリに惹かれているのね？　そうでなかったら、そんなことは気にしないでしょう。別に悪いことではないわ。私でさえゆうべ彼に会ったとき、胸がときめいたくらいですもの」

母の鋭い勘ははずれたことがない。

「シニョール・モンタナーリが言っていたわ。アレッサンドラに案内してもらって本当に楽しかったって。あれは本心でしょうね。お父さまも謝っていたから、ちょっとした誤解を大げさに考えてはだめよ」

「確かにそうね。考えすぎだったわ」

「それじゃ、私たちがターラントから戻るまで、シニョール・モンタナーリの案内役をお願いね。今夜、また電話するわ」

「わかったわ。それじゃ、伯母さまによろしく」

アレッサンドラは電話を切った。やっぱりお母さまはすべてお見通しね。母親と話したおかげで気が晴れた今は、またシニョール・モンタナーリと一緒に過ごすのが待ちきれないという思いしか頭になかった。

今日はカーキ色のパンツと白地にベージュの小さな幾何学模様が入ったブラウスを選んで身支度をすませ、階段を下りてキッチンに行った。朝食をとっていると、リオナがドアから顔をのぞかせた。

「アレッサンドラ？　階下《した》に下りてくるとき、アルフレードを見ませんでした？」

「いいえ」

「朝食は食べたんですけど、今は姿が見えないんです。いつもは私が仕事をしている間、一階にいるんですけどね。どこかで具合が悪くなっているのかしら」

「私も捜してみるわ」アレッサンドラは最後のひと口をのみ込んでから猫を捜し始めた。「アルフレード？」何度も名前を呼びながら玄関ホールまで来たとき、猫が観光客の足元をすり抜けて外へ出たのではないかと心配になった。

ドアを開けた瞬間、アレッサンドラは夢にまで見たすてきな男性とぶつかりそうになった。リニは茶虎の大きな猫を抱いて中に入ってくるところだった。

「おはよう、アレッサンドラ」リニは屈託のない笑みを浮かべた。「リムジンを待っていたら、こいつがドアの外にいて、中に入りたがっていたんだ」

「よかった。リオナもきっと安心するわ。私がキッチンに連れていくから――」

「僕が連れていくよ」

リニは猫を手放したくないようだ。彼に抱かれてアルフレードもすっかり満足している。この猫は人見知りをするので、これは驚くべきことだ。

「それなら、ついてきて」アレッサンドラは先に立って歩きだした。

キッチンに入ってきた二人を見て、リオナは大喜びで猫のほうに手を伸ばした。

「シニョール・モンタナーリがドアの外にいたアルフレードを見つけてくれたのよ」アレッサンドラは説明した。

「かわいそうに、年のせいで自分がどこにいるのかわからなくなったのかしら。私の部屋に連れていきます。ありがとうございました、シニョール」

「どういたしまして、シニョーラ」

アレッサンドラはリニのあとについてキッチンを出た。「どうもありがとう。もう年だから仕方ないわね」再び玄関に行ったが、まだリムジンの姿は見えず、城内を見学する観光客を運ぶバスが三台とまっているだけだ。

「ちょっと電話してきいてみよう」シニョール・モンタナーリはジーンズのポケットから携帯電話を出し、問い合わせた。「海中道路の近くで事故があったので、到着までに少し時間がかかるらしい」

「どこへ行くつもりだったの？」

「船をチャーターしに」

「その必要はないわ」思わずアレッサンドラは言った。「うちのクルーザーであなたを好きなところへ案内するよう父から頼まれているの」

「でも、きみの仕事が遅れてしまうだろう」

「大丈夫よ。あなたは忙しいかたでしょう。せっかくここまで来たのだから、時間を最大限に活用しないと。私の仕事はあとでもかまわないわ」母と話したおかげでデーアに対して抱いていた罪悪感がなくなった今は、もっと彼と一緒に過ごしたい一心だった。

「それならリムジンは断ることにしよう」

「その間にちょっと荷物を取りに行ってくるわ。五分後にランド・ローバーの前で会いましょう」

アレッサンドラは急いで城の中に戻り、階段を上った。二人きりでクルーザーに乗って海に出るかと思うと、胸がどきどきしてくる。部屋でダッフルバッグに必要なものを詰めると、階段を駆け下りてキッチンに行き、バッグに水とビスケットも入れた。いったん海に出たら、どれくらい船の上にいることになるかわからないので、つねに準備はしておかなければならない。

いくらか雲のかかる空の下、アレッサンドラが車のほうに歩いていくと、リニはバックパックを肩にかけて待っていた。男性と一緒にいてこれほど生き生きとした気分になるのは久しぶりのことだ。アレッサンドラが車のロックを解除すると、リニは運転席のドアを開け、彼女が乗り込めるようにダッフルバッグを受け取った。それから、車の後部にまわって二人の荷物を積み、助手席に乗り込んだ。

「うちの船は島の反対側に係留されているから、ここからすぐよ」アレッサンドラはエンジンをかけ、車を出した。

「裏庭にあるということか」

アレッサンドラはにっこりした。「そうよ。便利でしょう？」

桟橋に着くと、二人は車を降りた。リニは船の扱い方を心得ているようで、車から荷物を下ろしたあと、てきぱきと舫《もや》い綱をほどいた。その間にアレッサンドラは船に乗り込み、二人分の救命胴衣を取り出して、自分のを身につけた。

「ダイビングに熱中しているのは誰だい？」

「目の前にいる人よ」

黒い目がアレッサンドラを見つめた。「いつからダイビングを始めたんだ？」

「十九歳のときから。あなたもダイビングをするの？」

「十四歳のときに始めたんだ。いちばん好きなことだと言ってもいいんじゃないかな」

その言葉にアレッサンドラは内心大喜びした。彼と一緒にダイビングができたら夢のようだわ。「私もよ。ちょっと待ってね」

アレッサンドラはキャビンに下り、このあたりの特別な海図を取り出した。彼女がデッキに戻ると、リニはすでに船に乗り込んで救命胴衣をつけていた。

「はい、これ」アレッサンドラは作りつけのベンチに座っている彼の横に海図を置いた。「船が進んでいる間、それを見るといいわ」そう言うと、船のエンジンをかけてゆっくりと桟橋を離れた。

「このクルーザーは最新式だね」

アレッサンドラはうなずいた。「今まで使っていた古い船とは大違い。父が私のためにこれを買ってくれたので、以前よりも長期間出かけられるようになったわ」

「楽しむために？」

「いつも楽しんでいるけれど、仕事に使うのよ。私は考古学研究所の研究員だから」

アレッサンドラの答えはリニを驚かせたようだ。

「どこの大学に行ったんだい？」

「カターニア大学で修士号を取ったの。考古学的価値のある埋もれた建造物を発見して回収するのが私たちの仕事よ」

「考古学という未知の領域を探る世界で生きているから、きみは好奇心旺盛なんだな」

「私の専門は非破壊検査と遠隔操作の先進技術を利用した研究なの。うまくいけば、私たちの仕事はこの地域の陸上と海底にある歴史的建造物の修復に役立つわ」

アレッサンドラの向かい側に座っていたリニは身

を乗り出して膝の間で両手を組み合わせ、今までとは違う興味深そうな目で彼女を見つめた。

「どうりでお父さんがきみに案内してもらえば安心だと言ったわけだ。きみは考古学者だから、ここにいる間に僕が意見を聞くべき人間はきみだということをお父さんはわかっていたんだね。僕もきみと同じように、どこを掘削すれば陸でも海でも環境破壊が最小限に抑えられるか知りたいんだ」

「こうしたらどうかしら。船で沿岸を見てまわったあと、私の仕事部屋に行って私たちが製作したビデオを見ましょう。あなたはエンジニアだから、それを見れば、石油を掘削して輸送するには多くの障害があることがわかると思うの」

「ありがとう、アレッサンドラ」

「まだどんな障害にぶつかるかわかっていないから、あまり喜ばないほうがいいわ、シニョール・モンタナーリ」

「頼むから、リニと呼んでくれ」よく響く男らしい声はアレッサンドラの体を震わせた。「思わぬ障害にぶつかるのは嫌いじゃない。障害があると、人生が刺激的になるからね」

アレッサンドラもまったく同感だったが、リニにすっかり心を奪われないよう気をつけなければ、と自分を戒めた。彼が言っているのは石油を探すことについてだけではないような気がする。どんなに防備を固めても、いつの間にかリニは私の心に入り込んでくる。もし深い関係になったら、彼は二度と立ち直れないほど私を傷つけるかもしれない。

「さっき持ってきた海図を見てみたら？　いろいろなことがわかるんじゃないかしら」

船は海岸沿いに進み始めた。リニは魅力的な唇の端に笑みを浮かべたあと、海図を広げた。彼があまりにもすてきなので、アレッサンドラは操船に集中できなかった。

リニがデーアではなく、私と一緒にいたいと思うなんて信じられない。どういうわけか、彼は姉に惹かれなかった。本当にどうしてなのかしら？

たぶんデーアにもわからなかったでしょうね。でも、姉が何を考えているのかわからないし、これ以上あれこれ憶測しても仕方がない。

リニが一緒にいたいと思ってくれることを素直に喜べばいいのよ。アレッサンドラはそう自分に言い聞かせた。

3

午後五時までにリニは予備的な評価を下すために必要なものはすべて見た。知識の泉さながらのアレッサンドラのおかげだ。オノラート・カラッチョロが引き続き話をしたがっているので、リニは本格的な調査を始めるために本社から調査チームを連れてくるつもりだった。

だが今、頭にあるのは仕事のことではない。船で沿岸を見てまわるうちにすっかり空腹になっていた。アレッサンドラが水とビスケットを持ってきてくれたが、リニはちゃんとした料理を食べたかったし、彼女を食事に連れていって驚かせたかった。城の横にヘリポートがあるのは知っていたので、キャビンに下りて電話をし、ヘリコプターを呼んだ。

　アレッサンドラは慣れた手つきでクルーザーを桟橋に寄せてエンジンを切った。リニは救命胴衣を脱ぎ、桟橋に上がって舫《もや》い綱を結んだ。ほどなく頭上からヘリコプターの音が聞こえてきた。

　アレッサンドラが空を見上げた。「両親が戻ってきたみたい。おかしいわね。今夜は泊まるって母は言っていたのに」

「あれは僕のヘリじゃないかな」

「あなたがヘリを呼んだの？」

「きみと一緒に食事に行くために呼んだんだ。ゆうべは断られてしまったから、今夜は絶対に断られないようにしようと思って」

「どこへ行くの？」

　よし、断る気はなさそうだ。「それは行ってのお楽しみ。必要なものだけ持って、荷物は船に置いていけばいい。あとで取りに来よう」

「服は着替えなくてもいいの？」

「そのままでいい」

「ちょっと待って」そう言ってキャビンに姿を消したあと、アレッサンドラはすぐに口紅を塗り直してデッキに戻ってきた。

　リニが差し出す手にはつかまらずに船を降りると、アレッサンドラは少し離れたところにあるヘリポートに向かった。しかし、リニがドアを開けて彼女をヘリコプターの後部座席に乗せようとしたときには、それをはねつけるわけにもいかなかった。二人の腕がかすかに触れ合った瞬間、ほのかな花のような香りを吸い込み、リニはこれまで以上にアレッサンドラを意識した。

　ほどなくヘリコプターは飛び立ち、東へ向かった。しばらくの間、アレッサンドラはじっと眼下の風景に目を向けていたが、やがてヘリコプターが人口十万の都市に向かって降下し始めると、その目を輝かせてぱっとリニのほうを見た。「レッチェは大好きなの！　バロック建築の宝庫ですもの」

「ここにはしばらく来ていないけど、大聖堂の近くに知っているレストランがあるんだ。今でも料理がおいしいといいんだが」

リニが手配したリムジンで二人は〝南イタリアのフィレンツェ〟と呼ばれる街に入った。車を降りたあとは両側に商店が並ぶ狭い通りを歩いて広場のほうへ向かった。

大勢の観光客とすれ違い、飲食店から流れてくる音楽を耳にするうち、リニは休暇を過ごしているような気分になった。こんなにくつろいだのは久しぶりだ。アレッサンドラは一つ一つの店の前で立ちどまっては中をのぞいて楽しんでいる。どの店も地元で産出されるやわらかい石灰岩で作られ、正面にはおびただしい数の天使の装飾が施されている。

「リニ、あのかわいい猫を見て！　アルフレードにそっくりよ」アレッサンドラとリニはレッチェの特産品として有名なカルタペスタを売っている土産物店の前で足をとめた。カルタペスタは聖人や動物をかたどった紙張り子だ。

「確かに似ているね。リオナのために買っていこう」アレッサンドラの返事を待たずにリニは棚から七、八センチの座った猫を取り、代金を支払うために店の中に入っていった。小さな袋を手にリニが店から出てくると、アレッサンドラが彼を見上げた。

「リオナはきっと大喜びするわ」

リニはアレッサンドラに袋を渡した。「城に戻るまで持っていてくれるかい？」

「どうもありがとう」彼女が静かに言って袋をバッグに入れると、二人はまた広場のほうへ歩きだした。

「僕の記憶が正しければ、レストランは柱廊《コロネード》を中ほどまで行った右手にあるはずだ。料理はおまかせでメニューはない」ヘリコプターを手配したあと、リニはその有名なレストランに予約を入れておいた。店に着くと、フロアマネージャーは二人を広場が見えるテーブルに案内した。

最初に運ばれてきたのはアーモンド風味のアイスカフェラテだった。それを飲みながらアレッサンドラはにっこりした。「このすてきなアーモンドの香りは癖になりそう」

「そうだね。前菜はどう？」

「どれもおいしいけど、ずっとサーモンとオイスターのブルスケッタだけ食べてもいいくらい」

「僕はオリーブ入りの小さなトルティーヤが好きだな」

続いて運ばれてきたのはサーディンの入った〝天使の髪〟と呼ばれる極細のパスタだ。デザートには見るからにおいしそうなアップル・クロスティーニが出た。

「ああ、おなかがいっぱいで、とても動けそうにないわ。すてきなお店に連れてきてくださってありがとう。こんなにおいしい食事は久しぶりよ」

「きみにはいろいろと世話になったから、せめてものお礼だ。きみの知識の豊富さには敬服するよ」

リニはテーブルに紙幣を置いて立ち上がり、アレッサンドラを連れてレストランを出た。すでに夜の帳《とばり》が降り、広場の美しさを際立たせている。

「女の船乗りとしての知識？」アレッサンドラが笑った。

「お父さんが帰ってくるまできみと海で過ごせたらいいな。確かにここには仕事で来ているけど、楽しみもあってもいいんじゃないかと思ってね」

二人は通りを歩きながらタクシーを見つけ、ヘリポートに戻った。二人が乗り込むと、すぐにヘリコプターは飛び立った。

リニがアレッサンドラのほうを向いた。「ずっときみのダイビング器材が気になっていたんだ。明日、僕も器材を手に入れるから、きみが潜る場所に連れていってくれないか？　船は僕がチャーターするよ」

「私の船が使えるのに、わざわざチャーターするなんてばかげているわ」

「きみの厚意に甘えていると思われたくないんだ」

「そういうことを心配するのはやめにしない？」

「わかった。実は、どこかでキャンプしたいと思っているんだ。僕がきみの相棒《バディ》になるよ。何日もきみを仕事から引き離しても大丈夫かな？　それとも、無理を言いすぎかな？」

島に着いて車に乗り込んだあと、アレッサンドラは考え込むような表情でリニを見た。「あんなにごちそうになっておきながら、あなたの頼みを断るのは心苦しいけれど、あいにく仕事が遅れているの。でも、あなたは自由にうちのクルーザーを使ってくれていいのよ」

「きみが一緒に行かないなら、バディがいなくなってしまう。きみはとても頭がいいし、博識だから、僕一人で出かけても面白くないよ。明日の分の仕事が終わったあとで出かけるのはどうかな？　二時ごろは？」

「それまでに終わるかどうかわからないわ」アレッサンドラは車を降りて玄関のほうへ歩きだした。

リニは彼女に追いついた。「それなら、臨機応変にいこう」

「あなたは絶対に諦めない人なのね」そう言いながらもアレッサンドラはほほ笑んでいる。「わかったわ」

その言葉を聞いてリニは希望を持った。だが、城の中に入ったとたん、猫と一緒に玄関で出迎えたリオナの言葉に希望がしぼんだ。「男性のお客さまがいらしてますよ、アレッサンドラ。どうしても待つとおっしゃるので、応接室にお通ししました」

男性のお客さまだって？　リニは心の中でつぶやいた。やはりアレッサンドラは誰かとつき合っているのかもしれない。

「ありがとう、リオナ」アレッサンドラはバッグから袋を取り出した。「これはあなたに。シニョール・モンタナーリが買ってくださったの」

リオナの顔がほころんだ。「本当ですか？」袋を開けて猫を取り出した。「まあ、あなたにそっくりじゃないの、アルフレード。レッチェで買ってくださったんですね」

リニはうなずいた。「ちょっと目にとまったものでね」

「どうもありがとうございます、シニョール。さあ、いらっしゃい、アルフレード。このかわいい猫ちゃんをよく見せてあげましょうね」リオナは猫を抱き上げた。「では、おやすみなさい」そう言って立ち去った。

アレッサンドラはさっとリニを見た。「あなたのおかげでリオナは楽しい夜を過ごせそうね」

「でも、きみの夜はまだ終わらないようだから、客人とどうぞごゆっくり。じゃ、また明日」

リニは階段を一度に二段ずつ上って三階の部屋に向かった。ようやくアレッサンドラが明日一緒に出かけることを承知してくれたので、気分は高揚している。リニは携帯電話を取り出し、グイドに折り返しの電話を入れた。もうかなり遅い時間だが、たぶんグイドは起きているだろう。三回目の呼び出し音が鳴ると同時に友人の声がした。

「リニか？　もう諦めてベッドに入ろうとしていたところだよ」

「すまない。今、部屋に戻ったんだ」

「いったいどこにいるんだ？」

「ポッソ島にある城だよ」

グイドは笑った。「なるほど。それで、何があったんだ？　日曜日の約束は今でも有効なのか？」

「まだわからない」

「また仕事だなんて言うんじゃないだろうな」

「今度は違うよ」

「なんだか深刻な状況みたいだな」

「ああ。ちょっと話を聞いてもらえるかな？」

「いつからいちいちそんなことをきくようになったんだ？　いいから、話してみろよ」

リニは親友に何もかも打ち明けた。話が終わったとき、グイドは返事の代わりに口笛を吹いた。

「アレッサンドラは好意を持ってくれているようなんだが、ずっと一定の距離を置いたままなんだ。明日ダイビングに行こうと誘ったら、最終的には応じてくれた。でも、彼女はちょっとわかりにくい人だな。指輪はしていないが、今夜、城に戻ったら、男が彼女を待っていたんだ」

「それなら、第一にすべきなのは、将来を約束した相手がいるのかどうか突きとめることだろう」

「それはいないんじゃないかな。家政婦がその男のことを〝お客さま〟と言っていたからね」

「それなら問題ないよ。彼女が煮えきらない態度をとっているのは、おまえが最初に会ったのが姉のほうだったからなのかな？　世の中にはそんな不文律みたいなものがあるだろう」

「そうかもしれないな」

「すべてをはっきりさせるには、彼女を追いかけて真相を突きとめるしかないだろう」

「そうするよ。相談に乗ってくれてありがとう。日曜日のことはまた連絡する」

　リニは電話を切ったが、なんとなく気持ちが落ち着かないので、ベッドに入る前に散歩に行くことにした。

　ブルーノがダイビング器材を取りに車で桟橋に行

っている間、アレッサンドラは玄関の前で待っていた。ブルーノのワンボックスカーが戻ってくると、彼女は運転席側に近づいた。「全部見つかった？」

ブルーノはうなずいた。「こんな遅い時間にやってきてすまなかったね。明日の朝、潜水調査に行かなければならないんだ。きみも一緒に来てくれるといいんだけどな。少なくともあと三回は海に出る予定なんだ」

「今度はどの場所？」

「同じところだよ。まだあのあたりは徹底的に調査していないから」

「確かにそうね」

「きみも来ないか？　本の執筆で忙しいのはわかっているけど、きみの専門知識が必要なんだよ。ほかの誰よりきみと組むほうがいいんだ」

「ブルーノ、悪く思わないでほしいんだけれど、これからも仕事仲間としてつき合っていきたいから、もうあなたとは組むつもりはないの」

ブルーノは驚きの表情を見せた。「つまり、ほかに誰かいるということなのか？」

アレッサンドラはいら立った。「仕事と私生活は切り離しておきたいということよ。わかってもらえないかしら？」

ブルーノは唇を引き結び、必要以上に車のアクセルを踏み込んで走り去った。

「誰かさんはあまりうれしそうじゃなかったな」

背後から低い声が聞こえ、アレッサンドラは驚いて振り返った。「リニ……もうベッドに入っていると思っていたわ」

「とてもいい夜だから眠るのが惜しくて、ちょっと散歩することにしたんだ。僕がきみをレッチェに連れ去ったから、客人と立てていた計画が台なしになってしまったのかな？」

「計画があったら、あなたと一緒に出かけなかったわ。あの人はドクター・トッツィといって、考古学研究所の所長なの。クルーザーに置いてあったダイビング器材を取りに来たのよ。明日の朝、また調査チームと海に潜ることになっているから」

「きみたちはよく一緒に潜っているのかい？」

「研究所には大勢の人がいるわ。先週は何艘《なんそう》かの船に分乗してメタポントから出発したんだけれど、そのときたまたま彼と組んだので、器材を私の船に積んでいったのよ。でも、私に対して仕事仲間以上の感情を持っているのを隠そうともしなかったから、今夜はもう彼と組むつもりはないとはっきり言ったの。これからも仕事だけの関係でいたいからって」

「彼は自分の船を持っていないのか？」

「持っているわ。でも、あとで取りに来ると言って自分の船に移さなかったの。研究所には最新式の海洋調査船もあるけれど、彼は確実に遺物を発見するまでそれを出す気がないのよ」

「なるほど。きみはまた調査チームに同行することになっているのか？」

「ええ。ただ、ちょっと時間配分が必要だけど」

「きみは重要人物で、引く手あまたみたいだね。だから明日の件でいいことを思いついたよ。きみが本の執筆をしている間、僕はメタポントに行ってダイビング器材を調達してくる。そのあと、二人で調査チームに合流しよう。現場に行くまでの間に僕の事業計画に関する話もできる。そうすればきみは僕を含めてみんなを満足させることができるんじゃないか？」

　アレッサンドラはため息をついた。すっかりリニの思うつぼにはまっているみたい。「明日は早起きしてお昼まで仕事をするから、そのあと一緒にメタポントに行きましょう。ダイビングショップで必要な器材を借りたら、そこから調査地点に向かってチームに合流すればいいわ」

「夜はここに戻らずにどこかでキャンプしたいな」

「そうね。私もキャンプは大好きだから」

「よかった」リニは目を輝かせた。「楽しみにしているよ。じゃ、明日の昼に」


翌朝の六時、アレッサンドラは手早く身支度をすませると、図書室へ行って仕事に取りかかった。執筆作業に没頭しているところへリオナが入ってきた。

「アレッサンドラ？　シニョール・モンタナーリはもう昼食を召し上がっていますけれど……」


アレッサンドラは顔を上げた。「もうそんな時間なの？」

「はい、一時です」

「時間がたつのも忘れていたわ。すぐに行きますとシニョール・モンタナーリに伝えて」


アレッサンドラは図書室を飛び出して階段を駆け上がり、手を洗ったあと、荷物を詰めたダッフルバッグを持って階段を駆け下りた。ダイニングルームに入ってきた彼女に気づき、リニは立ち上がった。白いカーゴパンツをはいて焦茶色のクルーネックのシャツを着た彼は驚くほどすてきだ。

「遅くなってごめんなさい」


リニの視線はジーンズに包まれた脚から白いプルオーバーのほうへ移り、アレッサンドラの目でとまった。「別に急いでいるわけじゃないから大丈夫だよ。座って食べて」

「もうゆっくりしている暇はないでしょう。あなたがダイビング器材を借りている間に、私は近くの店で食料品と飲み物を買うわ」


リニはバックパックを持ってアレッサンドラのあとに続き、城を出た。二人はクルーザーでメタポントに行き、ダイビングショップで調達した予備のタンクを積み込んだ。さらに飲み物と食料品を買ったあと、船に給油して西に向かった。アレッサンドラは前に見せた海図をリニに渡した。

「私たちが潜るのはメタポントとクロトーネの中間地点よ。発見物の中にはマグナ・グラエキアの時代に遡るものもあるわ。私たちが探しているのは紀元前六世紀にあったと言われている円柱なの。運がよければ、女神ヘラに捧《さき》げられた神殿の遺跡が見られるわ。イオニア海のこのあたりには貴重な掘り出し物が山ほど眠っているけれど、遺物はすべて埋まっているから、発見するのはほとんど不可能なのよ」

リニは海図から目を上げて魅力的な笑みを浮かべた。「きみの血を熱くするのもほとんど不可能だ。そうじゃないか？」

アレッサンドラはうなずいた。けれど、彼女の血を熱くするのは遺物だけではない。血の通った魅力的な男性は彼女の全身を熱く燃え立たせるのだ。あの夜、玄関ホールでリニをひと目見た瞬間、どうしようもなく心を奪われてしまった。

今さらリニにナポリへ帰ってほしいと思っても手遅れだ。それどころか、いずれ彼がここを出ていくことなど考えたくないと思っている。どうかしているわ。私が惹《ひ》かれているのはただの男性ではなく、かの有名なリニエーリ・モンタナーリなのよ。

リニに会った女性なら誰でももう一度会いたいと思うはず。母でさえ胸がときめいたくらいなのだから。それでも彼がいまだに独身なのは、妻を持たない大きな理由があるからだわ。

アレッサンドラはちらりとリニを見た。「最後にダイビングをしたのはいつ？」

リニは海図を折りたたんだ。「一年前かな。でも、心配しなくていいよ。僕を信頼して」

「どうしてそんなに長い間、していなかったの？」

「仕事が立て込んでいたから」

「でも、ナポリにはいいダイビングスポットがたくさんあるし、たまにはお休みも取れたでしょう」

「そうだね。でも、会社はナポリにあるけど、自宅は別のところにあるから、一日の終わりにはいつも早く家に帰りたくてたまらなくなるんだ」

「ご自宅はどこに？」

「ポジターノ」

「まあ、そんなすてきなところに住んでいるなら、ダイビングをする機会はいくらでもあるでしょう」

「以前はよく友人や家族と一緒に潜ったよ。でも、去年は妹のヴァレンティーナが妊娠して、しばらく僕の家に住んでいたんだ。妹にはダイビングは無理だろう。それに、前にも言ったように、母を交通事故で亡くしたばかりなんだ。それでナポリの実家にいる父を訪ねたり、妹のために自宅にいたりと、けっこう忙しかった」

「妹さんの赤ちゃんは生まれたの？」

「ああ。甥《おい》のヴィートはすくすく育っているよ。妹と結婚したジョヴァンニにはリックという息子がいて、ヴィートを養子にしたんだ。四人はラヴェッロで暮らしている。二人の子どもは同じ日に同じ病院で生まれたんだ」

「まさか――」

「本当に驚くのは赤ん坊が取り違えられたことだよ。ヴァレンティーナは実子ではないジョヴァンニの息子を家に連れて帰り、ジョヴァンニはヴァレンティーナの息子を家に連れて帰ったんだ」

「なんですって？」アレッサンドラはもう少しで船の操作を誤りそうになった。「信じられない話ね。ジョヴァンニの奥さまはどうしたの？」

「もう離婚していたんだ。子どもが生まれると同時に彼女は親権を放棄した。赤ん坊がそれぞれ実の親のもとに戻ったあとは大変だった。そのときまでにヴァレンティーナもジョヴァンニも子どもたちと深い絆《きずな》で結ばれていたからね。それで、双方の赤ん坊が一緒にいられるようにとたびたび会ううちに、ヴァレンティーナとジョヴァンニは愛し合うようになったんだ」

「そんなすてきなラブストーリー、聞いたことがないわ。実子ではない子どもを愛するのは難しいでしょうけど、すべてうまくいって本当によかったわね。でも、子どもを手放した母親の気持ちは理解できないわ。私は母を心から愛しているから、母がいなくなったらどうなるのかなんて考えたくもない。それに、自分の子どもを持つ日が待ち遠しくて仕方がないの」

つかの間、リニはもの思いに沈んでいるように見えたが、すぐに口を開いた。「幸い彼女も分別のある行動をとるようになって、今は訪問権を活用して息子の養育を手伝っているよ」

「それが当たり前だわ」アレッサンドラは考えずにいられなかった。ヴァレンティーナの子どもの父親はどうしたのかしら？　けれど、詮索するようなまねはしたくない。

「きみの考えていることはわかるよ。ヴィートの父親はヴァレンティーナが通っていた大学院の工学部教授だった。だが、結婚も子どもも望んでいなかったんだ。妹はひどく苦しんだが、今はとても幸せに暮らしていて、そんなに深い心の傷を負ったようには見えないよ」

そういう心の傷がどんなものか、私にはよくわかる。アレッサンドラは思わず舵《かじ》を握る手に力を込めた。でも、そのあと誰もが立ち直って幸せになれるとはかぎらないことも。

「それじゃ、妹さんもエンジニアなのね。妹さんのご主人は何をしているかた？」

「〈ラウリート・コーポレーション〉の最高経営責任者《CEO》だ」

「すばらしい組み合わせね。あなたみたいなお兄さまにも見守られて妹さんは本当に幸せだわ」

「うちの家族は仲がいいんだ」

少ししてアレッサンドラは前方に浮かんでいる二艘の船に掲げられた赤と白の潜水旗に気づいた。

「ほら、あそこにいるわ」調査チームはすでに沿岸近くで潜水調査を始めている。

アレッサンドラは船をとめて錨《いかり》を下ろした。潜水旗を揚げたあと、振り返ってリニを見ると、彼は早くもウエットスーツを着ている。

「すぐに戻るわ」アレッサンドラは自分のウエットスーツを持ってキャビンに下りた。胸が躍るとはまさにこのことだ。興奮に震える指でなんとか着替えをすませてデッキに戻った。

二人はウエイトベルトと浮力調整装置をつけた。最後にゴーグルをつけ、アレッサンドラは言った。

「二十五メートルくらい潜るけど、準備はいい？」

「いいよ」

気温は摂氏二十七度くらいだが、水温はもっと低い。水面下に入ると、アレッサンドラはボタンを押して少し空気を抜いた。重りをつけているため、体はどんどん水中に沈んでいく。リニはアレッサンドラの右手につき、耳が水圧に慣れる間、彼女を見守っていた。彼の動きを見るかぎり、ダイビングの腕前はプロ並みなので、アレッサンドラは安心した。

八分後、二人は水中植物が群生し、小魚が泳ぎまわる海底に着いた。調査チームが作業をしているほうへ進みながら、リニはずっとアレッサンドラのそばについていた。チームのメンバーがみんな彼女に手を振っている。アレッサンドラは手ぶりでリニに、ほかのメンバーがいる場所の少し先まで泳いでいって調べようと伝えた。その隆起した部分には何かがありそうに見えたが、アレッサンドラが堆積物を払いのけると、出てきたのは横倒しになった円柱ではなく、また別の堆積物だった。

リニは何度か興味をそそられる場所を見つけては、

アレッサンドラにそばに来るよう合図したが、調べるたびに空振りに終わった。三十分後、リニが腕時計をたたいてみせた。アレッサンドラもちょうど同じことをしようとしていたところだった。

二人は水面に向かって上昇しながら、呼吸装置《レギュレーター》を通して聞こえる互いの呼吸のリズムに耳を傾けた。アレッサンドラはこの世にいるのが二人だけのような気がした。そして、魔法の世界に入り込んだかのようなひとときを楽しんだ。

水面に上がると、リニはアレッサンドラに手を貸して船尾に乗せてから自分も船に揚がった。そこへ別の船が近づいてきた。

「アレッサンドラ」

「お疲れさま、ブルーノ」アレッサンドラはブルーノと同じ船に乗っているほかの三人にも手を振った。

「きっと来てくれると思っていたよ。そこにいるのはきみの友だちかい？」

「紹介するわ。ブルーノ・トッツィ、こちらはシニョール・モンタナーリよ」アレッサンドラが言うと、二人の男性は会釈した。「今日も何も見つからなくて残念だったわね」

「明日も調査を続けるしかないな」

調査チームのメンバーがアレッサンドラに声をかける。「今夜、クロトーネで食事をするけど、一緒にどうだい？」

「せっかくだけど、別の予定があるの。明日の朝、また一緒に潜るわ」

「わかった」

調査チームを乗せた船が離れていくと、アレッサンドラは急いでキャビンに下りてウエットスーツを脱いだ。デッキに戻ったときには、リニはすでに服に着替え、器材を船尾近くにまとめて旗を下ろしていた。

リニがアレッサンドラのほうを見た。「暗くなってきたね。どこかキャンプができる場所は考えているのかい？」

「ええ。ここから五分くらいのところに静かで小さな入江があるの。錨を上げるわね」アレッサンドラは照明をつけ、岸に向かって船を進めた。リニとひと晩一緒に過ごすかと思うと胸がときめく。入江に着いてエンジンを切ると、船はそのまま進んで砂浜に乗り上げた。

アレッサンドラはリニのほうを向いた。「デッキで食事をする？ それとも、調理室《ギャレー》のほうがいいかしら？」

「食料はデッキにあるから、ここで食べようか。今回は僕が用意するよ」

「ありがとう」

リニはあっという間に持ってきた食料品を全部ベンチに並べた。果物、ミートパイ、チーズロール、飲み物、チョコレート、アーモンドの中から二人は好きなものを取って食べた。

リニはアレッサンドラの向かいに置いた椅子の背にもたれてゆっくりと食事を楽しんだ。「ダイビングのあとにこんな場所で過ごすなんて、まさに天国だな」

「リニ、あなたはダイビングのベテランなのね。今日は一緒に潜れて光栄だったわ」

「それはお互いさまだよ。明日のダイビングも楽しみだな。ひょっとしたら何か見つかるかもしれないけど、たとえ見つからなくても、きみみたいなエキスパートと一緒に潜った感動が消えるわけじゃない」

「私も本当に楽しかったわ」

わずかな沈黙のあと、リニが口を開いた。「きみと僕が一緒にいるのを見て、ドクター・トッツィは動揺していたね」

「あなたが一緒にいてくれてよかったわ。ブルーノに気がないことはもう伝えてあるから、これで彼にもはっきりわかったでしょう」

「だから僕も一緒に来るよう誘ったのか？」

「まさか！」リニは傷ついているのかしら？　そんなことは考えられない。

「きみには誰か決まった人がいるのかい？」

「もう何年もいないわ」

「どうして？」

「あなたにも同じ質問をしたいわ。どうしてリニエーリ・モンタナーリが一人で航海しているの？」

「僕のほうが先にきいたんだよ。きみみたいに美しくて魅力的な女性が一人でいるのは何か事情があるからじゃないのかな」

「本当に知りたいわけじゃないでしょう」

「知りたくなかったら、きかないよ」

「実は、二十二歳のとき、フランチェスコという男性に恋をしたの。私は大学四年生で、彼はカターニアのシェフだったわ。彼は私に変わらぬ愛を誓い、人生の伴侶を見つけたと言ったの。私はその言葉を信じて、二人の間で結婚の話も始めたの。

　ある週末、デーアが私を訪ねてきたわ。私は大喜びで姉にフランチェスコを紹介したの。姉は私のアパートメントに泊まって、三人で楽しい時間を過ごしたわ。でも、デーアがローマに戻ったあと、すべてが変わってしまったの。フランチェスコが突然、休暇で出かけるから戻ったら連絡すると言ったの。それなのに、二週間たっても電話一本くれなかった。

　私は頭がおかしくなるんじゃないかと思ったわ。連絡がないまま、フランチェスコがいなくなった理由をあれこれ考えたけれど、わからなかった。彼には自分の気持ちを直接私に伝える礼儀さえなかったのよ。あとで送られてきた手紙には、デーアを好きになった、許してもらえないのはわかっている、と書かれていたわ」

薄暗がりの中でリニは顔をしかめた。

「あのときは最悪だったわ。デーアは二カ月間、家に帰ってこなかった。帰ってきたときにはこう言ったのよ。〝フランチェスコは私のあとを追ってローマに来たけれど、二人の関係は始まらないうちに終わったわ。あなただってあんなつまらない男とは別れてよかったのよ〟って。

私も内心ではそう思ったけれど、その言葉を聞いてつらくてたまらなかった。デーアはいつだって男性の目を自分に向けさせることができるんですもの。フランチェスコとは固い絆で結ばれていると思っていたから、私の中で何かが壊れたわ。そのあと長い間苦しんだけれど、もう終わったことだから」アレッサンドラは水をひと口飲んだ。「さあ、今度はあなたが秘密を打ち明ける番よ」

4

リニはナイフで胸をひと突きされたような気がした。一度にさまざまな感情がわき上がってきて収拾がつかない。アレッサンドラに何もかも打ち明ける前に話したい人物がいる。

「僕の話を始めたら朝までかかってしまいそうだから、それは明日、また潜ったあとにしよう。よかったら今夜僕はデッキで眠りたいな」

「それなら、あなたの部屋からキルトと枕を持ってきたほうがいいわね」

「あとで取ってくるよ」

「久しぶりのダイビングで疲れたみたいね。私も疲れたからそろそろ寝るわ。おやすみなさい」

「おやすみ」

一時間待ってからリニはキャビンに下り、寝具をデッキに運んできた。船尾に設置されたベンチに横たわってくつろぐと、携帯電話を取り出してヴァレンティーナにかけた。電話をするには遅い時間だが、どうしても妹と話したかったのだ。

四回目の呼び出し音が鳴ったあと、ヴァレンティーナの声が聞こえた。「リニ？　どうしたの？　お父さまに何かあったの？」

「いや、違うんだ」

「具合でも悪いの？」

「体はなんともないよ。ただ、ちょっと困っていることがあって、おまえの意見を聞きたいんだ。かまわないかな？」

「水くさいことを言わないで！　お兄さまには本当によくしてもらっているんだもの、私にできることならなんだってするわ。何があったのか話して」

リニは片肘をついて体を起こしてから、手短に自分の窮状を話した。

「そういうことだったの」兄の話が終わったとき、ヴァレンティーナはそれしか言わなかった。

「おまえの古傷に触れたら許してくれ。だが、アレッサンドラの苦しみを理解できるのはおまえだけだと思うんだ」

「私はもうマッテオとのことは忘れたわ。その女性も失恋の痛手から立ち直っているような気がするけど。だから彼女の過去のことは考えなくていいんじゃないかしら。お兄さまがすべきことは一つしかないわ。その女性に自分の気持ちを伝えて、その愛が永遠に変わらないことを証明するのよ。お母さまが生きていたらきっとこう言うわ。自分の心の命ずるままに行動して、どんな障害があっても乗り越えなさいって」

「アレッサンドラの傷はかなり深そうなんだ」

「私もそうだった。でも、本当に自分にふさわしい男性が現れたら、苦しみは消えるわ」

リニは深いため息をついた。「ずいぶん簡単そうに言うんだな」

「簡単じゃないわよ。でも、考えてみて。私がわが子だと思っていたリックを手放さずに心の命ずるままに行動したとき、どうなったか……」

「僕がジョヴァンニとはかかわるなと忠告したのに、おまえは耳を貸さなかった。余計な口出しをした僕がばかだったよ」

「とんでもない！　お兄さまは私を守ろうとしただけよ。でも、結局何もかもうまくいって、今は愛情深い妻で、二人のかわいい息子の母親になっているわ」

「でも、最初からジョヴァンニはおまえに惹《ひ》かれていたから、病院の規則や慣習を無視した。だからうまくいったんだ」

「リニ、今夜は船でその人と二人きりなんでしょう。その人がお兄さまに惹かれていなかったら、そんなことにはならないんじゃない？」

「父親から僕を案内してほしいと頼まれたからさ」

「一緒にダイビングをしてほしいと？　キャンプをしてほしいと？　お兄さまが人生を託せる相手だということはきっとその人もわかってくれるわ。もう少しの辛抱よ」

　その言葉を聞いてリニは胸が詰まった。「ありがとう、ヴァレンティーナ」

「どういたしまして。それじゃ、おやすみなさい」

　リニはまたベンチに横たわり、妹の言ったことをじっくりと考えた。たとえ奇跡が起きてアレッサンドラの好意が愛に変わったとしても、彼女は僕が不妊症だということを知らない。それは決して乗り越えられない障害なのだ。

　いつの間にか眠りに落ち、鴎《かもめ》の鳴き声でリニは目を覚ました。太陽は雲に隠れている。起き上がって腕時計を見ると、七時半だった。アレッサンドラはまだ眠っているのだろうか？　リニは寝具をまとめてキャビンに運んでいった。彼女の部屋のドアは閉まっている。

リニにできるのは朝食にハムエッグを作ることくらいだ。彼がテーブルに皿やマグカップを並べていると、アレッサンドラが調理室《ギャレー》にやってきた。美しい体の線がはっきりわかるTシャツを着てジーンズをはいている。

「頬が赤いね」

「散歩に行ってきたの」

「起こしてくれたら、僕も一緒に行ったのに。さあ、座って。食事にしよう」

「おいしそうな匂いね」

リニはコーヒーをついでから向かい側の席に腰を下ろした。

アレッサンドラはコーヒーをひと口飲んだ。「よく眠れた？」

「星空の下でひと晩過ごすのは最高だね。きみはよく眠れたかい？」

「やっぱりダイビングをして疲れたせいか、ベッドに横になったとたん眠ってしまったわ」

「それはよかった。今日は何時に調査チームと合流すればいいんだい？」

「みんなは九時には調査地点に行くわ」

「ちょっと思いついたんだが、調査区域を広げてみたらどうかな？　岸からの距離は同じだけど、ほかのみんながいるところから四分の一海里くらい東に行ったところで潜ってみないか？」そうすればアレッサンドラを独り占めできる。「海図を調べてみたけど、それほど深くない。たぶん二十メートルくらいだろう。ひょっとすると何か発見できるかもしれないよ」

アレッサンドラの口元にいたずらっぽい笑みが浮かんだ。「そんなふうに冒険しようと目を輝かせている息子がいたら、お母さまは心配でたまらなかったでしょうね」

「そんな息子だったように見えるかい?」

「ええ。そのせいでとんでもない問題を起こしたことが山ほどあるんじゃないかしら」

リニは笑った。「それで、どう思う？」

「賛成よ。みんなと合流するのは午後になってからにしましょう」

「いい考えだ」リニは立ち上がって食器を重ね始めた。アレッサンドラが食器を流しに運び、二人で手早く洗い物をすませた。女性とこんなことをしたのは初めてだ。彼女といつまでも一緒にいたい。

「ごちそうさま。おいしかったわ。ウエットスーツに着替えたらデッキで会いましょう」

十五分ほどで船はリニが潜ろうと話していた海域に到着した。今、この海は二人だけのものだ。錨《いかり》を下ろして潜水旗を立てたあと、二人はすべての器材を身につけた。「準備はいいかい？」リニはアレッサンドラに声をかけた。

琥珀《こはく》色の目が真っすぐにリニを見つめた。「行くわよ！」

二人は海に飛び込んだ。小さな魚の群れの横を通り過ぎながらどんどん沈んでいくうちに、リニは今まで経験したことのない喜びを味わった。海底に着くと、二人はそこに密生している背の高い海草のまわりを調べ始めた。

リニはアレッサンドラの動きを目で追いながら、新たな場所へ移っていった。潜水調査の面白さに魅了され、アレッサンドラが急に動きをとめたとき、もう少しでぶつかりそうになった。彼女が見ているほうへ目を向けると、前方に堆積物に覆われた大きな丸いものがある。

リニは背筋がぞくぞくしたが、アレッサンドラも興奮しているようだ。あそこにはこの場所にふさわしくないものがある。自然界のものではないものが。リニはその物体の片側のほうに泳いでいき、アレッサンドラが反対側に近づくのを待った。

アレッサンドラが両手で何層にも重なった砂や泥を払いのけ始める。リニも手伝い、五分後、二人の前に彫像の口の部分と思われるものが現れた。アレッサンドラはリニと目を見合わせた。ゴーグル越しにその目が輝いているのがわかる。これはとんでもない発見だ。

リニが驚嘆していると、アレッサンドラが腕時計をたたいた。思いがけない発見に夢中になって時がたつのを忘れていたが、もう水面に上がらなければならない時間だ。発見したばかりでその場を離れるのは忍びないものの、あとでまた戻ってくればいい。

リニは潜水ルールに従って規則正しく呼吸しながら上昇したが、興奮しているのでかなり難しかった。

水面に浮上すると、二人は船のほうに泳いでいった。リニはまたアレッサンドラを先に船に乗せてから自分も乗り込んだ。

「ああ、リニ！」ベルトと呼吸装置《レギュレーター》をはずし、アレッサンドラが叫んだ。「あれはヘラ神殿のものかもしれないわ。ドクター・トッツィを見つけて、ほかのみんなもここに連れてこなくちゃ」

リニは思わずアレッサンドラの両腕をつかんで引き寄せた。「おめでとう」

琥珀色の目が探るようにリニの目を見る。「ここに来たのはあなたの思いつきだったのよ」

一瞬、リニはアレッサンドラの真の美しさに魅了された。「きみと一緒にあの海中庭園を散歩したことは絶対に忘れないよ」

「私も」アレッサンドラがささやく。

リニは彼女を抱き寄せて唇を重ねた。突然の出来事に警戒心を忘れていたのか、アレッサンドラも思いがけない熱情を込めてキスに応えた。

　アレッサンドラの反応に驚きながらも、リニは貪るように唇を奪った。体の奥から熱い欲望がわき上がってくる。だが、近くを通り過ぎた船の航跡がクルーザーを揺らしたとき、リニはわれに返り、自分のしていることが行きすぎだと気づいた。

　アレッサンドラも同じように感じたらしく、いきなり唇を離し、彼の腕の中から抜け出した。「あの……よかったら海図のこの地点にしるしをつけておいてもらえるかしら。私は船を出すから」

　アレッサンドラは錨を上げてエンジンをかけ、リニはバックパックからペンを取り出した。ベンチに置かれた海図を見つけて広げ、しるしをつけようとしたが、急に風が強くなってきてうまくいかない。

　空を見上げると、たくさんの雲が集まっていた。三時間前はどんよりとしていただけで、こんな風は吹いていなかったのに。

　天候の変化にもめげず、アレッサンドラは精いっぱい速く船を走らせた。ようやく潜水旗を掲げた三《さん》艘《そう》の船が見えてくると、二人は船に乗っているメンバーに手を振った。ほどなくアレッサンドラは一艘の船にクルーザーを横づけした。「ドクター・トッツィはもうどれくらい潜っているの？」

「もうじきジーノと一緒に上がってくるよ」

「何か見つかった？」

　調査チームのメンバーたちは首を横に振った。

「でも、まったく望みがないわけじゃないわ。私たちのほうにはすばらしいニュースがあるのよ」アレッサンドラがエンジンを切って錨を下ろしている間、研究所の仲間は揺れる船の上で所長が浮上してくるのを待った。

　やがて海中から二つの頭が現れ、二人は船に揚がってきた。ゴーグルとレギュレーターをはずすなり、ブルーノはアレッサンドラに鋭い目を向けた。

「午前中の潜水調査に参加しなかったね」

「私たちはもっと東のほうで潜っていたんだけれど、何を見つけたか報告するために急いでこっちに来たの」さっそくアレッサンドラは彫像の頭部の話をした。

「口もついていたのか？」ドクター・トッツィは信じられないという口調で言った。

「すぐにみんなに見せたいけれど、天気が悪くなってきたから……たぶん夕方にはもう一度潜れるんじゃないかしら。それまでの間、ゆうべ私たちが一泊した浜辺がある入江に行かない？　目的の場所はこの沖合の少し東側にあるの。そこなら港に向かう前に腹ごしらえもできるし」

それは名案だと誰もがうなずいた。アレッサンドラは錨を上げてエンジンをかけ、再びあの入江に向かって船を進めた。入江に着くと、リニは船にとどまっていたが、アレッサンドラは浜辺に下りてほかのメンバーたちと話をした。一同が話し合った結果、夕方まで嵐は来そうにないが、今日はもう潜らないほうがいいということになった。

「今夜もここで一泊するのかい？」

「まだ決めていないわ、ジーノ。でも、天候が悪化しないかぎり、明日の九時にはここに来て、あなたたちを案内するわ」

リニは海図を取り、船を降りて調査チームにそれを見せた。「万が一合流できないといけないので、ここに座標を記しておいたから、よければ書きとめてください」

ドクター・トッツィは海図を受け取り、ポケットから取り出したメモ帳に書きとめてからリニに返した。「ありがとう」

「どういたしまして」

調査チームは出発の準備をした。リニにとってこれほどうれしいことはなかった。あまりにもうれしかったので、調査チームの船を海に押し戻すのを手伝い、手を振ってみんなを見送った。

リニの様子を見てアレッサンドラは笑いを噛《か》み殺した。彼ほど役に立つ人はいないわ。誰よりもダイビングが上手で、海図まで読める最高経営責任者《CEO》なんてほかにいる？

でも、二、三日中に父との話し合いが終わったら、リニはナポリに引き揚げて国じゅうを飛びまわる忙しい生活に戻る。彼がここにいるのはあと数日だということを忘れないようにしなければ。彼がいなくなるかと思うとつらくてたまらないけれど。

両親が最終的に石油掘削計画に合意したら、リニは専門家を派遣するだろう。たまには城を出入りする彼の姿を見かけることもあるかもしれない。けれど、今日と明日は彼と一緒にいられる。

アレッサンドラはリニのほうを向いた。「ちょっと楽しいことをしない？」

リニは首をかしげた。「美しい女性と二人きりでいる男にそんなことをきくのはばかげているんじゃないか？」

「ちょっと確かめてみただけよ」アレッサンドラは冗談を返し、胸の高鳴りを抑えながら船に戻った。「船に揺られてはるばる行く気があるなら、おいしい料理を出すところを知っているの。船で一時間半くらいかかるかしら。そこに着いたら、早めに夕食をとって一泊するのはどう？」

「楽しそうだね」

「ええ」

「ただし、今度は僕に舵《かじ》を取らせてくれないか？今まで全部きみがしていたからね」

「いいわよ、あなたがそうしたいなら」

「そうすれば、僕も罪悪感から解放される」

「何に対する罪悪感？」

「僕は自分が役に立つ人間だと思いたいんだ」

「調査チームの船を海に押し出したとき、驚くほど役に立っていたじゃないの。ヘラクレスが手伝いに来たのかと思ったわ」

低い笑い声があたりに響き渡った。

「冗談じゃないのよ。あなたが手伝ってくれなかったら、この風の中でみんな苦労したわ」

「きみにそう思ってもらえたのなら、頑張った甲斐《かい》があったな」

アレッサンドラはリニの頭のてっぺんから爪先までしげしげと見た。「あんなにやすやすとやってのけたんだから、筋肉痛なんてないんでしょうね」

リニが見つめ返すと、アレッサンドラの頬がピンクに染まった。「こうして海に入ったり出たりしていたら、二人とも筋肉痛になるんじゃないかな」

アレッサンドラは目を伏せた。「もうウエットスーツを脱いだほうがいいかしら？」

「手伝ってほしいのかい？」

アレッサンドラの顔が真っ赤になった。「一人でできるわ」

「その間に船を出しておくよ」

アレッサンドラは胸をどきどきさせながらキャビンに下りてウエットスーツを脱いだ。それから両親が城に戻っていることを確かめたあと、リニのもとに戻った。彼は着替えをすませて救命胴衣をつけ、操舵《そうだ》席に座っている。

「行き先を教えてくれないか？」

アレッサンドラは通常の地図を取り出して広げ、強い風に飛ばされないようにしっかりと押さえた。

「今、いるのはここよ。海岸沿いに進んでメタポントを過ぎたあと、斜行してターラントに向かうの」

「そこは伯母さんが住んでいるところだろう？」

「ええ。母方の家系はターラント公爵の子孫なの。

父と同じで、もう爵位は使っていないけれど」

「そうだったのか」リニはアレッサンドラに救命胴衣を渡した。「僕の向かいに座ってくれないか。そうすれば話ができるから」

「承知しました《アイ・アイ・サー》」アレッサンドラはほほ笑んだ。

メタポントの近くまで来たとき、リニは船をとめて燃料タンクを交換した。「前に空からターラントの海軍基地と造船所を見たことがあるよ」

「それなら、そこが大きな商業都市で港町だというのは知っているでしょう。伯母は旧市街にある十八世紀に建てられた屋敷に住んでいるの。私たちが行くことは知らせておいたわ。伯母は腰の骨を折って、二十四時間体制で看護師がついているけれど、お客さまは大歓迎なの。きっと帰る前に一緒に食事をしたいと言い張るわ」

「急に押しかけて迷惑じゃないかな」

「伯母はもてなすのが好きなのよ。あなたはシーフードが好きだから楽しみにしていて。今まで食べたことのないようなおいしい蠣《かき》のローストが出てくるわ。特別なソースをつけて食べるの。その次は鯛《たい》とムール貝のスープ。本当に絶品なのよ。母はできることなら伯母さまのコックを引き抜きたいと思っているんじゃないかしら」

リニは思案ありげにアレッサンドラを見つめた。

「僕をそこに連れていくのは、ほかにも何か理由があるからじゃないのか？」

「フルヴィア伯母は母より九歳年上で、陸軍大将と結婚したけれど、二年前に先立たれたの。母は三十歳のときに私とデーアを産んで、もう少しで命を落とすところだったんだけれど、子どもを授からなかった伯母はずっと母につき添って力になってくれたんですって。そのときから父は伯母を絶対的に信頼するようになったの。前にも言ったけれど、父も母も伯母の意見を尊重しているから、あなたの口から事業計画を伯母に話してみたらどうかしら？」

「きみのお母さんは賛成してないってことかい？」

「そうみたい。母も伯母も厳格な両親に育てられたから、先祖が教皇から拝領した土地に手をつけてはいけないと思っているのよ」

「きみはどう思っているんだ、アレッサンドラ？」

「父から話を聞いたかぎりでは、あなたの計画は有意義だと思うわ。確かに大量の石油が発見されたら、経済は活性化されるでしょうね。でも、肝心なのは伯母がなんと言うかよ」

「どうしてきみは僕に協力してくれるんだ？」

「あなたを信用しているから」

「そんなことを言われると恐縮してしまうな」リニはうっすら無精ひげが生えた顎をこすった。「伯母さんは手ごわい人なのかい？」

「ええ」リニの口から大きな笑い声が飛び出し、耳に心地よく響く。「でも、人生を刺激的なものにしてくれるから障害は好きなんでしょう？」

「確かにそう言ったね。よし、伯母さんのところへ行ってこの問題を片づけよう。歯医者に行くよりはましだよ」

風の影響で船の進み方は遅く、ターラント家専用の桟橋に着いたのは午後五時を過ぎたころだった。二人はアレッサンドラが呼んだリムジンに乗り込み、旧市街にあるターラント邸に向かった。

「ターラント一族は四百年前からここに住んでいるの」アレッサンドラは説明した。リムジンはポセイドンの息子タラスの彫像が支えている噴水のある前庭に入っていく。「中に入ったら、美術館に来たんじゃないかと思うわよ。伯母と母は王女さまみたいに育てられて、伯母は六十七歳の今でもそんなふうに暮らしているの」

「こんな格好の僕たちを見てぞっとしないかな？」

「大丈夫よ。私が一日じゅう海に出ていたあとにやってくるのに慣れているから」アレッサンドラはリニの手を借りてリムジンから降りた。「こんばんは、リッポ」凝った装飾が施された玄関ドアを開けた年配の男性に声をかける。「元気だった？」

「ええ、ありがとうございます、アレッサンドラ」

「こちらはシニョール・モンタナーリよ」

「はじめまして」

アレッサンドラはリニを見た。「リッポとリオナはいとこなの。二人がいなかったら、私たち家族は生きていけないわ」

「きみの親戚はいろいろな点で緊密に結びついているんだね」リニは言った。「彼も猫を飼っているのかな？」

アレッサンドラは噴き出した。「できれば飼いたいでしょうけど、伯母がアレルギー体質なの」

「シニョーラ・フルヴィアは応接室にいらっしゃいます。ただ、お嬢さまのご両親がお帰りになったばかりでお疲れですし、まだ食欲もなくて」

「長居はしないわ」

「奥さまとのお話がすんだら、ダイニングルームに食事をご用意しますので」

「ありがとう、リッポ」

アレッサンドラはリニの先に立って、伯母のお気に入りの部屋へ歩いていった。廊下は床も壁も大理石で、両側には金色の額縁に入った肖像画が並んでいる。

フルヴィアは六十七歳の今も美しく、傑出した軍歴の持ち主である亡夫の思い出の品々に囲まれて車椅子に座っていた。

「こんばんは、フルヴィア伯母さま」アレッサンドラは伯母を抱き締めた。「腰を痛めたそうで大変だったわね」

「年を取ると、何が起こるかわからないわね。あなたもこんなことにならないよう気をつけるのよ」フルヴィアは興味津々の目つきでリニを見た。女性なら誰でもそうせずにはいられないだろう。「あなたはエンジニアとしても有名なかたね、シニョール・モンタナーリ。アレッサンドラ、あなたは食事の用意ができているかどうか見ていらっしゃい。私はこのかたと少しおしゃべりしますから。そのあと、看護師に頼んで部屋に連れていってもらうわ」

「無理をなさらないで。すぐに戻るわ」アレッサンドラはそっとリニと目配せを交わし、部屋を出た。彼女は少し不安だったが、リニはすっかり落ち着いているようだ。

午後九時半を過ぎたころ、天候はさらに悪化した。リムジンに乗って運転手に桟橋に戻るよう告げたとき、リニは雨が降りだしたことに気づいた。アレッサンドラはターラント邸に泊まってもいいと言ったが、リニはフルヴィアと話したことでひどく混乱していて、一刻も早く立ち去りたかった。

フルヴィアの話はリニの事業計画とはまったく関係のないことだった。アレッサンドラとデーアに関する個人的な問題だったのだ。アレッサンドラにその話をするとしても、その前にじっくりとその問題について考えなければならない。唯一の解決法は彼女に対する思いを断ち切ることだ。そうするには城を出て、ほかの場所で石油を探さなければならない。

「それで、どうだった？」船に戻り、仕事部屋として使っている小さな船室に入ると、アレッサンドラは笑顔できいた。雨は音をたてて船体にたたきつけている。

リニは椅子に座って脚を伸ばし、足首を交差させた。目の前には彼がターラント一族の中でいちばん美しいと思う女性が座っている。

湿気のせいで茶色の毛先がカールし、ほんのりと頬を染めているアレッサンドラを見ると、レッチェで見たかわいらしい天使の顔を思い出す。すばらしい容姿は持って生まれたものだが、本当に魅力的なのは気立てだ。アレッサンドラは僕に計画を実現させるチャンスをくれた。今となってはその計画も日の目を見ることはないとしても。

「伯母さんの屋敷はすばらしかったし、食事もとてもおいしかった」

「そうでしょう。でも、私がきいているのは伯母との話し合いのことよ。どうだったの？　伯母はかなり疲れていたらしくて、何も言わずにベッドに入ってしまったから」

　あのときの話はアレッサンドラの耳に入れないほうがいい、とリニは思った。「まさに勝ち気で断固とした女性という感じだったな」

　アレッサンドラが笑った。「だから手ごわいって言ったでしょう」

「僕たちはいろいろな角度から問題を話し合った。伯母さんの知識の豊富さと率直さには感心したよ」

　アレッサンドラは妙な目つきでリニを見つめた。

「私に話せることはそれだけ？」

「ほかに話すことはないよ」

「それじゃ、話し合いはうまくいかなかったのね」

「どうかな。だが、伯母さんに会えてよかったことは確かだし、きみの協力には感謝しているよ。さあ、もう遅いからベッドに入ったら？　僕は仕事の電話をしなければならないんだ。おやすみ」

　アレッサンドラには伯母の屋敷を出たあとのリニの変わりようが信じられなかった。まるで別人になったようによそよそしく、どこかうわの空だった。いったい伯母とどんな話をしたせいで、あんなに近寄りがたくなってしまったのかしら？

　アレッサンドラは自分の船室に入り、リニに締め出されて泣いているうちに眠ってしまった。彼がもう一度キスしてくれるのを待っていたのに、まったくそんな状況にはならなかった。

翌朝、アレッサンドラが目を覚ましたとき、すでに船は桟橋を離れていた。天候が回復したのだ。そうでなければ、船はこんなスピードで進んでいないだろう。

どうしてリニは私を起こしてくれなかったのかしら？　私の存在を無視していないとわかることならなんでもいいからしてくれればよかったのに。

リニの気持ちがわからないまま、アレッサンドラはベッドを出て服を着た。ギャレーでコーヒーをいれ、リニの機嫌がよくなっていることを期待しながらカップを手にデッキに上がった。

けれど、ハンサムな顔に浮かぶこわばった表情を見た瞬間、今はいいタイミングではないとわかった。リニは胸の内を明かしたい気分ではなさそうだ。アレッサンドラは操舵席に近づいた。「これが飲みたいんじゃないかと思って」

リニはちらっとアレッサンドラの顔を見てからカップを受け取った。「ありがとう。見てのとおり、嵐は通り過ぎた。もうすぐ家に着くよ」

家ですって？

アレッサンドラは眉をひそめた。「今日も潜りに行くはずでしょう。今朝は絶好のダイビング日和よ」

「僕もそうしたいが、ゆうべ仕事の電話をしたとき、ちょっと問題があることがわかって、お父さんとそのことを話し合わなければならないんだ。きみは僕を降ろしたら、すぐに調査チームに合流してくれ」

アレッサンドラにはとても潜水調査のことなど考えられなかった。船は島に近づいている。リニはゆっくりとクルーザーを桟橋に寄せ、エンジンを切った。安全が確認されるや、アレッサンドラはダッフルバッグを持って船から飛び降り、舫《もや》い綱を結んだ。

リニはアレッサンドラのあとからランド・ローバーに乗り込んだ。桟橋から城まで一分しかかからないが、二人とも黙り込んでいた。それはアレッサンドラが船を降りずにそのまま出発しなかったことにリニが驚いている証拠だ。まるで一刻も早く私から離れたがっているみたいに。

実際、城に着くとすぐにリニはバックパックを持って車を降りた。アレッサンドラがあとから玄関ホールに入っていくと、リニは振り返って彼女を見た。

「さっきお父さんに電話したんだ。僕を待っている。きみの世界を見せてくれてありがとう。本当に楽しかったよ」

私もよ。でも、どうしてすべて終わったみたいな態度をとるの？　リニ、いったいどうしたの？　アレッサンドラは心の中で問いかけた。

リニが答えるはずもなく、さっさとオノラートの執務室のほうへ歩いていった。

アレッサンドラは気落ちしたまま階段を上がって自分の部屋に行き、シャワーを浴びて服を着替えた。ふと、母なら父とリニがどんな話をしているのか知っているかもしれないと思い立ち、急いで階段を下りて居間へ向かった。

居間に母親がいないのでダイニングルームに行ってみたが、そこにも誰もいなかった。

「あら、アルフレード。あなたはリオナを捜しているの？」アレッサンドラは猫を抱き上げ、今度はキッチンへ向かった。途中でヘリコプターの音が聞こえたが、誰かが本土から来たのだろうと思い、そのままキッチンへ行った。そこにも誰もいない。

餌と水が入った皿の前に猫を下ろしたあと、アレッサンドラは父の執務室に向かった。母もそこにいて、三人で話し込んでいるのかもしれない。ちょっとためらってから、アレッサンドラはドアをノックした。

「お邪魔していいかしら、お父さま」

「お入り、おちびさん《ピッコラ》」

部屋の中にいるのは父親一人だった。

「みんなはどこ？」

「お母さんは車でリオナをメタポントの歯医者に連れていったよ」

「私……あの……リニ・モンタナーリはまだお父さまと一緒にいると思っていたんだけれど」アレッサンドラは口ごもった。

父は革張りの椅子の背にもたれた。「さっきまでここにいたよ。いろいろと考えた末、結論を出したと言っていた。ここの土地に油井櫓《ゆせいやぐら》を建てるのはジョヴァンナ女王の遺産に瘡蓋《かさぶた》を作ることになる、とね」

それはまさにアレッサンドラが言ったことだ。父の口からその言葉が出たので、彼女の胸になんとも言いようのない苦しみが広がった。

「リニエーリは別の候補地を探しに行くそうだ。おまえと私が歓待してくれたことに礼を言ったあと、ヘリコプターを呼んで出ていったよ」

脚から力が抜け、アレッサンドラは椅子につかまって体を支えた。「それだけ？　ほかには何も言っていなかった？」

父はにっこりした。「昨日、海に潜ったときにおまえが彫像の頭部を発見したと言っていた。これでおまえは有名になるだろう、と」

けれど、どこに潜ったらいいのか思いついたのはリニだ。

「ああ、それからこうも言っていた。アレッサンドラのように魅力的で美しくて聡明《そうめい》な女性に会ったのは初めてだ、私が案内役をまかせた理由がわかる、と。石油の掘削計画に関しては、確かにリニエーリが手を引いてくれてよかった。お母さんもフルヴィアも賛成ではなかったからな」

「そうね」胸が詰まってアレッサンドラはうまく話すことができなかった。

「今朝早くフルヴィアがお母さんに電話してきたよ。おまえがリニエーリをフルヴィアに会わせたと聞いて、私もお母さんも驚いた。おまえが見舞いに来てくれたことを伯母さんはとても喜んでいたよ」

私にとってはさんざんな結果になってしまったけれど。またしてもアレッサンドラの世界はばらばらになった。今回はもとどおりにできそうにない。

アレッサンドラは息を吸い込んで言った。「天気が悪くてもう一度潜ることができなかったから、伯母さまのお見舞いに行くことにしたの。伯母さまは疲れていたけれど、快方に向かっているようね」

「フルヴィアはリニエーリが正直な人間なので感心していたよ」

正直な人間？　いったいどういう意味なのかしら？

気分が悪くなったので、アレッサンドラは椅子から立ち上がった。「ずいぶんサボってしまったから、仕事に精を出したほうがよさそうだわ。さもないと、担当編集者が癇癪《かんしゃく》を起こすでしょうから。何かあったら、私は図書室にいるから」父親に近づいて頬にキスすると、部屋を出た。

図書室に入って机の前に座ったとたん、アレッサンドラは両手で顔を覆って泣きだした。留守番電話に数件のメッセージが入っている。すべてジーノからで、午後の調査に参加するかどうか知りたいというものだ。リニからのメッセージはない。

アレッサンドラはジーノに行けないというメールを送ってから、ランド・ローバーで本土に向かった。少し食料品を買ったあと、最初の日にリニを連れていった丘陵地帯まで車を走らせた。ゆうべ降った雨のせいで田園は青々としている。彼女は車を降りて歩きながらリニとのやり取りを思い出した。彼が父に告げた掘削中止の理由は本心ではないだろう。

アレッサンドラは思い悩みながら城に戻り、伝記執筆の仕事に取りかかった。しかし、日曜の朝になると、もう我慢できなくなった。まったく連絡をくれないなんてリニはひどすぎる。さよならさえ言わないなんて。一緒にダイビングをしてあんなにすばらしいひとときを過ごしたのだから、きちんと話をしないまま彼を立ち去らせるわけにはいかないわ。

リニがどんな女性ともこんな形で関係を終わらせるなら、いまだに独身なのも無理はない。手がつけられなくなる前に二人の間で燃え上がった情熱の炎をもみ消した彼は賢明かもしれないわ。でも、キスしたとき、リニも私を求めていた。それなのにどうしてこんなことをするの？

私につきまとい、一緒に海に潜りたがったのはリニだ。それを拒めなかったのは、私も彼と一緒にいたかったから。そして今でも一緒にいたいと思っている。それなのにどうしてすべてが変わってしまったのかしら？　どうしてもその答えが知りたいし、答えがわからないまま彼を立ち去らせるわけにはいかないわ。

両親に帰りが遅くなると伝えたあと、アレッサンドラはランド・ローバーを運転してメタポントに行き、飛行機でポジターノへ向かった。内緒で父のパソコンを調べ、リニの自宅の住所を見つけたのだ。

ナポリにあるリニの会社に行ってもよかったが、週末なので彼は家にいるだろう。リニが別の女性と一緒にいるところに出くわしたら最悪だわ。それでもどうしても答えを知りたい。

三時間後、アレッサンドラを乗せたリムジンは木立に覆われた敷地内に入り、ベージュの堂々とした二階建ての家の前でとまった。おそらく百年以上前に建てられたものだろう。アマルフィ海岸の上にある町は信じられないほどすばらしい。

花々が咲き乱れる天国のような場所にリニが住んでいることを知って、アレッサンドラは驚き、紫と赤のブーゲンビリアに覆われた家を見て息をのんだ。目のくらむような高い場所から海を見下ろしたときも同じだ。

車を降りると、暖かな午後の日ざしがアレッサンドラに降り注いだ。「ここで待っていてください」彼女は運転手に言い、前庭に並んでいる数台の車の横を通って玄関に向かった。

呼び鈴を鳴らし、アレッサンドラは誰かが出てくるのを待った。すると、中から女性の声が聞こえてきた。「私が出るわ、ビアンカ」

玄関のドアが開いたとたん、アレッサンドラは目の前にいる女性がリニの妹だとわかった。髪や目の色は違うものの、驚くほどリニに似ている。

「こんにちは、シニョリーナ。何かご用かしら？」彼女は水着の上にレースの短い上着を羽織っている。

アレッサンドラの心臓は狂ったように打ちだした。

「ええ、あの、リニに会いたいんですが」

目の前にいる女性はアレッサンドラをしげしげと見た。「あなたは有名なディオルッチのモデルじゃない？」

5

まただわ。

「それは姉のデーアです。私はアレッサンドラ・カラッチョロといいます」

「そうだったの。ごめんなさい。あいにく兄は今、出かけていて。私はヴァレンティーナ・ラウリートです。あなたがいらっしゃるのを兄は知っているのかしら？」

「いいえ」アレッサンドラはごくりと唾をのみ込んだ。「びっくりさせたくて」

ヴァレンティーナの口元にいたずらっぽい笑みが浮かんだ。「私もそうなの。家政婦の話では、兄は今朝、釣りに行ったらしいんだけれど、まだ帰ってきていないのよ。でも、じきに戻るというから待っているの」

釣りに行った……。

アレッサンドラががっかりしていると、かわいらしい金髪の男の子を抱いた年配の女性が玄関に現れた。赤ん坊はヴァレンティーナにそっくりだ。ヴァレンティーナは家政婦と息子を紹介してから尋ねた。

「遠くからいらしたの？」

「メタポントから飛行機で」

「それは大変だったわね。中に入って一緒に待ちません？ 今、プールサイドにいたのよ。ヴィートはリニ伯父さまが大好きだから、散歩に連れていってもらいたくて待っているの」

アレッサンドラにはその気持ちがよくわかった。

「ご迷惑でなければ、そうさせていただきます」

アレッサンドラはリムジンの運転手にあとで迎えに来るよう言ったあと、優美な邸宅の中を歩いていった。テラスにはテーブルと椅子と大きなぶらんこが置かれている。ヴァレンティーナは家政婦から赤ん坊を抱き取り、日よけがついたスイングチェアに座らせた。

「お客さま用の水着があるから、よかったらひと泳ぎしない？」

「ありがとう。でも、今は遠慮しておきます」

「飛行機に乗ってきたあとだから、すっきりするんじゃないかしら」

「それほど長い時間乗っていたわけではないし、私はよく泳いでいるので」

アレッサンドラはスイングチェアの近くに置かれたラウンジチェアに座り、かわいらしい赤ん坊を見つめた。ほどなく頭上からヘリコプターの音が聞こえてくると、アレッサンドラの脈が速くなった。私がここで家族と一緒にいるのを見たら、リニはどう思うかしら？　ここに来ないほうがよかったのかもしれないけれど、今となってはもう手遅れだ。プールの向こう側からTシャツにジーンズ姿のリニが大股で歩いてくる。

「伯父さまがお帰りよ」ヴァレンティーナがうれしそうに息子に声をかける。

「ヴィート」リニが呼びかけると、赤ん坊は伯父のほうに顔を向けて両腕を伸ばした。そのとき、リニはそばにいる女性に気づき、いぶかしげな目つきをした。「アレッサンドラ」そうつぶやいてから赤ん坊を抱き上げ、キスをした。「驚いたな。一度に二組も思いがけない客が来るなんて」

「アレッサンドラはメタポントから来たそうだから、ひと泳ぎするよう勧めたんだけれど、今日はいいんですって」ヴァレンティーナが言った。

「それはたぶん考古学研究所の調査でしょっちゅう海に潜っているから、泳がない時間を楽しんでいるからじゃないかな」

ヴァレンティーナはさっとアレッサンドラのほうを向いた。「リニもダイビングが得意なのよ」

「そうね。先日も私の大発見に力を貸してくださったの。本当に感謝しているわ」

「リニ」ヴァレンティーナが身を乗り出した。「そんな話、してくれなかったじゃないの」兄とアレッサンドラを見比べる。

羨ましいほどの落ち着きを見せてリニは説明した。

「新しい原油埋蔵地を探している間、アレッサンドラのあとをついてまわっていたんだ。彼女は考古学研究所の研究員で遺物の発掘をしているんだ」

「お兄さまが行き先も言わずに会社から消えたから、サルヴァトーレ伯父さまがかんかんになって私に電話してきたのよ」

リニはヴィートをあやしていて、アレッサンドラと目を合わせようとしない。「戻ってすぐ伯父さんに連絡したよ」

「よかった。それで、釣りはどうだったの？」

「上々だ。グイドは僕がプレゼントした毛鉤《けばり》で鱒《ます》を二尾釣った。それを昼食にしたんだ」

「ついてたわね。お兄さまが帰ってきてくれてよかったわ。ヴィートと頑張って待っていたけれど、そろそろラヴェッロに帰らないと、ジョヴァンニが心配するでしょうから」ヴァレンティーナはアレッサンドラのほうを向いた。「お目にかかれてうれしかったわ」

「私もよ。息子さんは本当にかわいいわね」

「ありがとう。もう一人リックという息子がいるんだけれど、今日は実の母親と一緒なの」ヴァレンティーナは兄から赤ん坊を抱き取って家の中に入った。

アレッサンドラはリニと二人きりになった。無言で見つめるリニの目が一瞬きらめいたのを見て、彼女の胸の鼓動が速くなった。

「私がここにいる理由はわかっているでしょう」リ

ニに尋ねられる前にアレッサンドラは答えた。「あなたはさよならを言っていないわ」

　リニは両手を腰に当てた。「ちょっと失礼するよ。すぐに戻る」

「本当に？　約束する？」思わずアレッサンドラはきいた。

　魅惑的な唇の端がぴくぴく動いた。「誓うよ」

　リニは小走りにテラスを出ていった。アレッサンドラはアンブレラテーブルの椅子に腰を下ろし、リニのエデンの園を見まわした。ここには驚くほどたくさんの種類の花や木が植えられている。何もかもがすばらしい。生まれてからずっと砂と海に囲まれた城で暮らしてきたアレッサンドラは俗世間から切り離された生活が好きだったが、ここにいると、自分に何が欠けていたのかよくわかる。

　アレッサンドラは芳しい薔薇《ばら》の香りに誘われて椅子から立ち上がり、庭を歩きまわってさまざまな香りを嗅いだ。やがて背後から物音が聞こえ、アレッサンドラが振り返ると、さっきヴァレンティーナから紹介された家政婦がテラスに出てきた。食べ物と飲み物をのせたワゴンを押してテーブルのほうにやってくる。

「リニエーリはじきにいらっしゃいますよ、シニョリーナ」

「ありがとう、ビアンカ」

　そのとき、アレッサンドラは椅子に置き忘れられた赤ちゃん用サンダルの片方に気づいた。彼女がそれを取ろうとしたとき、リニがテラスに出てきた。黒いシルクのスポーツシャツにベージュのパンツをはいている。ひげを剃《そ》ったばかりなので、見た目も香りもすばらしい。

　アレッサンドラはサンダルを持ち上げた。「妹さんがこれを忘れていったわ。急いで帰ったのは私のせいじゃないかしら」

「それは違うよ」リニはサンダルを受け取ってテーブルの上に置いた。「ヴァレンティーナは早く夫のもとに帰りたかったんだ。あの夫婦は相思相愛だからね」彼はアレッサンドラのために椅子を引いた。「さあ、座って、ビアンカが用意してくれた料理を食べよう。鱒一尾では満腹にならなかったからね」

「私もおなかがすいたわ。機内では軽食しか出なかったから」

二人は海老《えび》とペンネのサラダ、ドライトマトのマリネ、口の中で溶けるほどやわらかな茄子《なす》のグリルを食べた。それにロールパンとミントの葉を添えたレモネードもあって、この食事は充分にごちそうと言えるのだが、魚好きのリニにはちょっと物足りないようだ。

おなかがいっぱいになると、アレッサンドラは椅子の背にもたれた。「さっきから説明を待っているんだけれど……」

リニはナプキンで口の端を拭いてからアレッサンドラを見つめた。「きみに話さなければならないことがあったんだが、いい機会が見つからなかった」

「どんなことなの？　あなたが秘密の生活を送っていること？　どこかに隠し妻がいること？」

「そういうことじゃない。フルヴィア伯母さんを訪ねたあと、これ以上きみたち家族の時間を無駄にしてはいけないと思って、きみが調査を続けられるよう出ていくことにしたんだ」

「そんな言い訳は通用しないわ。伯母と話をしたときに何かあったから、うちの土地で掘削するのをやめたんでしょう。私には真実を知る権利があるわ。あなたを伯母に引き合わせたのは私ですもの」

「真実を知りたがると、危ない目に遭うこともあるよ」

「やっぱり思ったとおりね。私はもう大人だから、何を言われてもちゃんと受けとめられるわ」

「僕にはそうは思えない」

「聞きたくないような秘密を打ち明けられたら、か弱い私には耐えられないんじゃないかと心配しているの？」

「きみを傷つけることになるのはいやなんだ」

「どういう意味？　どんなふうに傷つけるの？」

「知らないままでいたほうがいい」

「そんなこと、受け入れられないわ」

「いずれ受け入れざるをえなくなる」

「つまり、昨日は本当に別れるつもりだったということなのね」

「昨日の朝、何も言わずに島を離れたのは、それで僕の気持ちが明らかになればいいと思ったからだ」

　この人の前で泣いてはだめよ、絶対に。アレッサンドラはなんとか口を開いた。「心配しないで。あなたが伝えたかったことはわかったわ。結局あなたもフランチェスコと同じなのね。突然姿を消したあと、私と直接向き合おうともせず、別れの手紙を送ってきたあの人と。あなたはさっさとヘリで飛び去って、肝心なことは父にまかせたわ。魅力的な男性というのはそんなものなのかしらね。あらゆる長所を備えているように見えても、いちばん大切なものは持ち合わせていないんだわ」

　リニは口を固く結んで険しい表情を見せた。自分の言葉に動じていないわけではないらしいとわかってアレッサンドラはうれしかった。

「もう気にしないで。ずっと秘密を守り続けるといいわ。私は帰ります」アレッサンドラは立ち上がりかけた。

「待ってくれ。真実をすべて知りたいなら、話すよ。本当は話すつもりはなかったが、きみはわざわざここまで来てくれたし、こんなふうに苦しむきみを見るのは耐えられない。誰よりもきみには説明を聞く権利がある」

「それなら話して」

「伯母さんに会ったとき、仕事の話はしなかった。きみの話をしていたんだ」

「私の話？」

「伯母さんはきみのことが大好きなんだ」

「私も伯母が大好きよ。でも、それとこれとどういう関係があるの？」

「伯母さんは僕にはっきり説明するよう迫ったんだ。僕とデーアが出会ったときに何があったのか」

アレッサンドラは落ち着かなげに身じろぎし、目をそらした。「伯母がそんな話を持ち出すなんて信じられないわ。きっと母から何か聞いたのね」しばらく黙り込んだあと、また口を開いた。「あなたは気まずかったでしょうね」

「気まずくなんかなかった。むしろすがすがしかったよ。きみは伯母さんによく似ているね。知らない人はあの人がきみの母親だと思うだろうな」

「まさか、冗談でしょう――」

「いや。きみも伯母さんもフェアプレーの精神の持ち主だ。二人とも、みんなの幸せを願っている。僕はデーアとは何もなかったことを話した。グイドの父親が僕たちにモデルを紹介して、一緒に踊るよう勧めたんだ。僕はデーアと一曲だけ踊って別れた。それだけだよ。僕の説明が終わったあと、伯母さんは今度はきみに対してどんな気持ちを持っているのかきいてきた」

アレッサンドラはいきなり椅子から立ち上がった。

「伯母さまにそんな権利はないはずよ！　どうしてあなたにそんなことをきいたのかしら？　私たちはお互いのことをほとんど知りもしないのに」

「それは違うだろう。伯母さんはこう言っていたよ。アレッサンドラがここに男性を連れてきたのは初めてのことだから、あなたたちはきっと特別な関係なんでしょう、と。もちろんお父さんの代わりにきみが案内役をしていたことは承知のうえでね」

「それで？」

「僕たちがもうお互いのことをよく知っていることに伯母さんは気づいている」

「それはそうかもしれないけど――」

「伯母さんがきみとデーアのことを分け隔てなく心配するのはすばらしいことだ。だから僕も正直に、デーアにはまったく惹《ひ》かれないと答えた。そうしたら伯母さんは、きみには惹かれているのかときいたんだ」

　アレッサンドラは青くなった。

「僕がなんと答えたか知りたくないかい？」

「私には関係ないことだわ」

「それでは答えになっていないよ」

　アレッサンドラはリニに背を向けた。

「僕はこう答えたんだ。出会ったとたんきみに惹かれたし、その気持ちは抑えきれないほど大きくなっているって。きみも同じだろう。僕にはわかる。伯母さんは姪《めい》が二人ともかわいいから、僕が財産目当てにきみを利用しているのではないことを確かめたんだ」

「私はそんなこと考えもしなかったわ」

「しかし、世の中には欲得ずくで動く人間も多いからね。伯母さんは前にきみが傷ついたことを知っているから、守りたかったんだ」

「それであなたは下心がないことを証明するために石油掘削計画を撤回したの？　だから私の前から消えたっていうの？」

　リニは答える代わりにアレッサンドラの腕を取ってぶらんこのほうへ連れていき、自分が座ってから彼女を膝の上にのせた。「僕を見てくれ」

　アレッサンドラは首を横に振った。「見るのが怖いわ」

「僕がキスしたがっているのがわかっているからだ

ろう。船の上でキスしたとき、きみが欲しくて頭がおかしくなりそうだった。確かに僕には下心があるけど、それは個人的なものだ」

「だめよ、リニ。こんなことをしてはいけないわ。ここではだめよ。ビアンカに見られるもの」

「こうせずにいられないんだ」

リニは頬に片手を当てて彼女の顔を自分のほうに向かせ、矢も盾もたまらず震える唇に唇を重ねた。アレッサンドラは逃れようとしたが、熱いキスが激しさを増していくうちに、ついに小さなうめき声をもらして唇を開いた。これは夢なのかもしれない、とリニは思った。なぜならアレッサンドラが貪るようにキスに応え始めたからだ。

キスを続けながらリニが彼女の背中や肩に手をさまよわせると、アレッサンドラも彼のうなじにまわした手を上に滑らせ、髪をまさぐった。その指が動くたびに彼の体を包み込んでいる炎がさらに激しく燃え上がる。

「アレッサンドラ」リニはうめくように言った。「どんなにきみが欲しいかわかるか?」

「私もあなたが欲しいわ」

「海に潜っていたとき、僕はきみを秘密の洞窟に引っ張っていきたくてたまらなかった。そこで何カ月もずっと愛し合えるように」

「ウエットスーツを着ていたら、それは難しかったんじゃないかしら」

「でも、今は違う」リニはゆっくりとアレッサンドラをぶらんこの上に寝かせ、美しい顔を見つめながら心ゆくまで唇を奪った。

リニがこれほど激しい高ぶりを覚えたのは初めてのことだった。アレッサンドラの反応を見ると、彼女の中でも重大な何かが起こっているのがわかる。彼女に恋人がいたのは何年も前のことだし、それがうまくいかなかったのは幸いだった。きっと彼女は僕と結ばれる運命だったのだから。

だが、僕の問題をアレッサンドラが受け入れられなかったらどうする？　リニは彼女の鼻やまぶたにキスしながら考えた。でも、何もかも打ち明けなければこの先へ進むわけにはいかない。彼女の反応が怖くても、もうやめるわけにはいかない。

「きみみたいにすてきな女性と出会ったのは初めてだ。きみに対する思いを伯母さんに正直に伝えた以上、まず僕が抱えている問題をきみに正直に話すべきだと思うんだ」

「無理に話さなくてもいいのよ。私にはなんの借りもないんだから。伯母がそんな立ち入った話をするなんて夢にも思わなかったわ」

「してくれてよかったんだ。おかげで長い間、向き合う気になれなかった問題に気づかされた」

「どういうこと？」

「僕が独身を続けているのには理由があるんだ」

「あなたが結婚嫌いだとしても、そんな人はほかにもいるわ。母と出会うまで父も一生結婚しないと決めていたのよ」

「僕の問題はそれとは違う。これまでずっと自分の気持ちをはっきり言うことは避けてきたんだ。だが、きみに対してはそうしなければならない」

「どうして？」

「きみはただの女性じゃない。爵位を持つ名家の生まれだということを言っているわけじゃないんだよ。これは女性であるきみに大きな影響を与える問題なんだ。きみはどんな女性よりも正直な人だから、僕もきみに対して正直でいなければいけない」

「父が言っていたわ。伯母があなたの正直なところに感心していたって」アレッサンドラはかすかに身を震わせた。「何を正直に話すつもりなの？　私を怖がらせるのが目的なら、うまくいっているわよ」

「決して怖がらせるつもりはないよ」リニは起き上

がってぶらんこから降りた。「ただ、これから話すことを聞いたら、僕に対するきみの見方は変わるだろう。だが、これは僕の口から言わなければならないんだ」

「お願いだからはっきり言って！」

「子どものころから僕はサッカーをしていた。十七歳になるころには友人のグイドと一緒に強豪チームでプレーしていたんだ。決勝戦の試合中、僕はけがをした。病院で検査を受けたあと、造精機能障害だから子どもを作ることはできないと言われた。それから何度も検査を受けたが、診断はいつも同じだった」

アレッサンドラは呆然《ぼうぜん》とリニを見つめていた。動くことも言葉を発することもなく、ただ悲痛な表情を浮かべている。

「僕もいつか結婚して子どもを作ろうと思っていた。そんなことは当たり前だと思っていた。最初に診断を聞いたあとでも、本気で信じていなかった。大人になれば問題が解決して、普通の体に戻ると思っていた。だが、毎年検査を受けるたびに、何も変わらないと言われたんだ」

「つらい話ね」アレッサンドラは小さな声で言った。

「僕もそう思うよ。その診断で僕の人生は一変したんだ」

「だからさよならも言わずに私の前から消えたの？私がその問題を受け入れられないと思ったから？」

リニは口を固く結んだ。

「もちろん結婚したら夫の子どもが欲しいと思う女性は多いでしょうけど、ほかにも子どもを持つ方法はあるわ」

「それとこれとは別の問題だ。この前、ヴァレンティーナの話をしたとき、きみは早く自分の子どもが欲しいと言ったじゃないか。子どもを産みたいと思うのは自然な気持ちだよ」

「ええ、でも――」

「でも、そうなんだ。僕は子どもを産ませることができない。だから独身主義者という評判を背負って生きてきたんだ。僕が不妊症だということを知っているのは主治医ときみだけだ」

「これは誰にでも起こりうることよ、リニ。そのせいであなたが人生の喜びを奪われるなんて悲しいわ。女性が望むものを与えられないから結婚しないなんて。あなたはすばらしい父親になるわ。だから養子縁組制度があるのよ。多くの夫婦がそれを利用しているでしょう。あなたが十七歳のときからそんな悩みを抱えて生きてきたかと思うと耐えられないわ」

「本当にきみは優しいね。でも、僕の気持ちはわからないだろうな」リニの告白をアレッサンドラはちゃんと受けとめてくれた。これ以上は望めないくらいに。主治医が言ったとおりに。

しかし、ほかにも二人の仲を引き裂くものがある。それはフルヴィアの話と彼女が暗に発していた警告によるものだ。今でも自分を抑えているのは、二人にとって最大の問題は不妊症だと彼女に思わせておいたほうがいいと考えているからだ。

アレッサンドラはじっとリニを見つめた。「あなたはこの問題で私たちの関係が壊れても仕方がないと言いたいのね。本気でそう思っているなら、カウンセリングを受けるべきじゃないかしら」

「セラピーなんて役に立たないよ。伯母さんとの話を考え合わせても、きみとの関係はうまくいきそうにない」

「また伯母の話？」

「伯母さんは他言しないことを条件にある話をしてくれたんだ。だが、それをきみに話すわけにはいかない。伯母さんに腹を立てないでくれ。きみのためを思ってのことなんだから」

「リニ――」アレッサンドラは言葉を失った。リニの心が離れていくのがわかる。やはりここに来たのは大きな間違いだった。

　アレッサンドラは携帯電話を取り出してリムジンを呼び、電話を切るや、テーブルに近づいてレモネードを飲み干した。

「おいしい昼食をごちそうさま。失礼して、外でリムジンを待つことにするわ」

　リニは玄関の外で彼女に追いついた。「アレッサンドラ――」

「いいのよ、リニ。あなたの説明は予想外だったけれど、とにかく返事はもらったわ。ありがとう。突然押しかけてきてごめんなさい。二度とこんなことはしないわ」

　前庭にリムジンが入ってくると、アレッサンドラはさっさと乗り込み、すぐそばにいるリニには見向きもせずにドアを閉めた。

「どちらへいらっしゃいますか？」運転手がきいた。

「空港へ行ってください」

　車が走りだしても、アレッサンドラは後ろを振り返らなかった。

　もう振り返るのはたくさん。


　日曜日の夜、リニを乗せたヘリコプターがラヴェッロの上空で降下を始めた。今日は弟のカルロの誕生日で、ヴァレンティーナとジョヴァンニが開いているパーティーにリニは遅れてやってきたのだ。

　この三週間、カラブリア州の四箇所の地域をまわり、油田開発の可能性を探っていた。だが、アレッサンドラと別れたときから苦悩の日々を過ごし、仕事に集中できなかった。

　今まで訪れたところはそれほど有望ではないが、カラッチョロ家の土地はすでに候補地リストから消してしまった。だからといって、アレッサンドラを頭の中から消せるはずもない。不妊症の話を聞いても、彼女は取るに足りないことであるかのような態度を見せた。たいした問題ではないと言いきった。僕がすべてだと言わんばかりに熱烈にキスしたことを考えると、その言葉は信じられる。

しかし、フルヴィアは僕とアレッサンドラとの交際に強い懸念を抱いていた。それが姉妹の間に一生消えない亀裂を生じさせるのではないか、と。だから僕は身を引くことにしたのだ。子どものころ、双子の姉妹はとても仲がよかったが、アレッサンドラが恋に落ち、結婚を考えていたその男と姉に裏切られたとき、何もかもが変わった。

ようやく姉妹は試練を乗り越えたが、今、またしても難局にぶつかった。というのも、今回はデーアが先に僕と出会ったからだ。僕がデートの誘いに応じなかったのでデーアはショックを受け、さらにアレッサンドラが僕を案内して所有地をまわった話を聞いて腹を立てたという。

それはまったく不公平な話だが、フルヴィアは僕の目を見て問いただした。また姉妹の間にいつまでも続く苦しみをもたらしたいのか、と。そして、どうするか決めるのはあなただ、と言った。

結局何も決めることができず、去っていくアレッサンドラを黙って見送るしかなかった。今、できるのは、バジリカータ沖の海底でヘラ神殿の遺物が発見されたというニュースをテレビで見ることくらいだ。

ドクター・ブルーノ・トッツィと調査チームはその発見で功績を認められ、何度もアレッサンドラの名前が出てくる。数日ごとに神殿の前庭や壁の発見に関する情報がマスコミに提供されていた。

リニはアレッサンドラの活躍をうれしく思った。報道のおかげでオノラート・カラッチョロに連絡しなくても彼女の様子を知ることができる。しかし、彼女と別れた今、心にぽっかりと穴があいたようだった。

　ラウリート邸に着くと、リニはさっそく家族に取り囲まれた。まずカルロの娘を抱き上げたと思ったら、次は二人の男の子の相手だ。ジョヴァンニとも少し話したが、すぐにヴァレンティーナにつかまり、みんなが集まっているテラスからサンルームに引っ張っていかれた。

「てっきりアレッサンドラを連れてくると思っていたわ。すてきな人じゃないの」

「もう終わったんだ」

「どうして？　彼女を愛しているんでしょう」

　リニはぎゅっと目を閉じた。「うまくいくはずがないんだ」

「アレッサンドラはお兄さまを愛していないの？」

「愛しているとは言わなかった」

「お兄さまは言ったの？」

「そんなことはどうでもいいだろう」

「いいえ、大事なことよ。アレッサンドラはわざわざ訪ねてきたんでしょう。お兄さまが帰ってきたときの彼女の顔を見たわ。あの目は……」

「おまえが知らないことがいろいろあるんだが、話すわけにはいかないんだ。これ以上僕を苦しめないでくれ」

「わかったわ」ヴァレンティーナは兄の腕をそっとたたいた。「もう余計なことは言わないわ。お父さまが話したいそうよ。どんな掘削候補地を見つけたのか知りたいんですって」

「もっといい報告ができるといいんだがな」

　真夜中近く、リニはヘリコプターで自宅に戻り、しばらくプールで泳いでからベッドに入った。それでも、とても眠れそうにない。仕方なくほとんどひと晩じゅう、外のラウンジチェアに座っていた。

　あれから三週間……今すぐアレッサンドラに会わ

なかったら、頭がおかしくなりそうだ。それでも、彼女から離れていなければならない。

月曜日の早朝、リニは心から求めているものを胸の奥に封じ込めて会社に行き、取締役会を満足させる新しい掘削候補地を発表する準備をした。そのあとも着々と仕事を進めていたが、木曜日に秘書が妹からの電話を取り次いだ。

「ヴァレンティーナか？」

「ニュースを聞いた？」妹は取り乱しているようだ。

「どうしたんだ？」

「マルタ島の地震研究所がイオニア海で発生したマグニチュード六・九の地震を観測したんですって。沿岸一帯に強い揺れが感じられたそうよ。アレッサンドラが研究所の人たちと調査していたところも」

地震だって？ リニの体から冷や汗が噴き出した。アレッサンドラの身に何かあったら、僕は生きていけない。フルヴィアに言われたことなどどうでもいい。すぐにアレッサンドラのところへ行かなくては。

「ニュースによると、海に潜っていた数人がけがをして、何箇所かの病院に運ばれたそうよ。研究所の海洋調査船がクロトーネに係留されていたから、何人かはそこに運ばれているんじゃないかしら」

「すぐに行くよ。ありがとう、ヴァレンティーナ」

リニはヘリコプターでナポリの空港へ行き、社用ジェット機に乗り換えてクロトーネに向かった。途中、電話をしてレンタカーを空港に待機させておくよう手配したあと、クロトーネ市内の三箇所の病院に電話したが、親族ではないため、負傷者に関する情報を手に入れることはできなかった。この地域ではほかにも負傷者が出ていて、沿岸の病院はどこも患者でいっぱいのようだ。

最初に行った病院の駐車場には多くの救急車や消防車がとまっていた。なんとか救急処置室にたどり着くと、ダイバーが一人、運び込まれていることがわかった。誰も詳しいことは教えてくれないが、救急隊員からここに搬送されてきたのが男性のダイバーだということは聞き出せた。

救急隊員に礼を言って、リニはすぐに車に戻り、次の病院に向かった。だが、そこにもアレッサンドラはいない。さんざん走りまわった末、最後の病院で待合室にいるブルーノ・トッツィを見つけたとき、アレッサンドラはここにいると確信した。ブルーノと話をするのは避け、リニは真っすぐ院長室に向かった。アレッサンドラに面会する許可を得るためならなんでもするつもりだった。

「私は大丈夫よ」病室に運ばれてから六時間後、アレッサンドラは両親に言った。

「どこか痛むところは？」

「全然ないわ。お医者さまは軽い潜水病だとおっしゃっていたけど」

「ドクター・トッツィが面会したがっているわ」

「所長がみんなのことを心配しているのはわかっているけど、まだ誰とも会いたくないの。明日、気分がよくなったら必ず電話します、と伝えて」

「わかったわ。ドクター・トッツィは待合室のあたりにいるでしょうから、伝えてくるわね。そのあといったん家に戻って、また来るわ。ひと晩入院して様子を見るとお医者さまがおっしゃったから、今夜はつき添って、明日の朝、あなたを連れて帰るわね。それまで、ゆっくり休みなさい」母親は娘にキスしてから夫とともに病室を出ていった。

それからほどなくして、またドアが開いた。たぶん看護師が体温や血圧を測りに来たのだろうと思ったが、病室に入ってきた人物を目にしたとたん、アレッサンドラの心臓は狂ったように打ち始めた。

「リニ……どうしてここに？」三週間ぶりに会った

彼は見慣れない紺のビジネススーツに身を包んでいて、ただでさえ弱っていたアレッサンドラはどうしたらいいのかわからなかった。

「地震があったと聞いて、いても立ってもいられなくなったんだ」

アレッサンドラはリニから隠れるように横を向いた。「両親とは話をしたの？」

「僕がここにいることは二人は知らないはずだ」

「こんなところに来る必要はなかったでしょう。二人とも言うべきことはすべて言ったんだから」

「きみの無事を確かめずにいられなかった」リニの声は震えていた。

涙が込み上げてきて目がひりひりしたが、アレッサンドラはそれを見られないようにした。「どうやって私がここにいるとわかったの？」

「ヴァレンティーナが地震のニュースを知らせてきたから、あちこちまわって探し当てたんだ」

「どうやってここに入り込んだの？　家族以外は面会できないはずなのに」

「僕なりのやり方があるんだ。医者の話では、きみは意識を失っていたそうじゃないか。それが命取りになったかもしれない。きみを失うかと思って僕がどんな気持ちになったかわかるか？」

「たぶんこれであなたもわかったでしょう。ポジターノであなたと別れたとき、私がどんな気持ちだったか……」アレッサンドラの口から小さな泣き声がもれた。

「アレッサンドラ――」悲しげな声が彼女の心の奥に届いたかと思うと、リニはベッドの反対側にまわってきて彼女の頬を片手で包み込んだ。「本当によかった、きみが無事でいてくれて」

アレッサンドラは固く目を閉じていた。「確かにそれはよかったと私も思うわ」

リニが指で髪をもてあそぶと、彼女の疲れきった体に甘美な感覚が広がった。「僕も潜水病にかかったことがあるから、どんな感じかわかるよ」

「楽しんでいるときに陥りやすい事故よね」

「僕の前で強がる必要はないよ。きみは怖い思いをしたんだからゆっくり休まないと。しばらくここにいてもかまわないかな？」リニはかがみ込んでそっと唇を重ねた。それは炎が唇に触れたような感触だった。

「お医者さまは気に入らないでしょうけど、あなたがそうしたいなら」

アレッサンドラが薄目を開けて見ていると、リニはベッドの脇に椅子を引き寄せて座った。まるでたくましいその肩に世界じゅうの重荷を背負っているように見える。もう出ていって、二度と現れないで。アレッサンドラはそう言いたかったが、言葉が出てこない。

少しして看護師が点滴の交換にやってきた。アレッサンドラの脈拍や血圧を調べたあと、リニには何も言わずに病室を出ていった。

「面会許可を得るために何をしたの？」アレッサンドラはきいた。

「院長に会って、きみに会わせてくれたら〈モンタナーリ・コーポレーション〉はこの病院に多額の寄付をすると言ったんだ」

「そんなやり方はよくないわ」

「でも、うまくいった。僕にはそれしか考えられなかったんだ。この目できみの無事を確かめることが何よりも重要だった。きみのいない三週間、地獄の苦しみを味わったから、二度とあんな思いはしたくない」

アレッサンドラには彼の苦悩が手に取るようにわかった。「こうなったら、あなたは院長との約束を守るために昼も夜も働いて損失分を取り戻さなければならないわね」

「きみの命を救ってもらったんだから、それくらいのことをする価値はあるよ。きみは世界でいちばん大切な人なんだ。愛しているよ、美しい人《ベリッシマ》」リニは今まで聞いたこともないかすれ声で言った。「さあ、眠って。何も心配しないで」

夜中に目を覚ましたとき、アレッサンドラはふと思った。リニが会いに来たのは夢の中の出来事だったのかしら？　本当に彼は愛していると私に言ったの？　彼がそこにいた形跡はまったくない。

夜勤の看護師がやってきたので、アレッサンドラは彼女の手を借りて化粧室に行き、再びベッドに戻った。

6

翌朝、アレッサンドラが目を覚ますと、病室に両親がいた。十一時には、安静にして充分に水分を取り、少なくとも二週間は海に潜らないという条件つきで退院が許可された。

リムジンで城に戻るまでの間、両親はアレッサンドラが快適に過ごせるよう気を配ってくれた。けれど、両親も病院の職員も、リニ・モンタナーリが面会に来たことはまったく話題にしなかった。

やっぱり私は途方もない夢を見たんだわ。私の無事を確かめるためにリニがクロトーネまで飛んできたという夢を。そう思ったとたん、アレッサンドラはぞっとした。リニを忘れるには何年もかかるだろう。一生かかるかもしれない。それでも忘れられなかったらどうしよう？

家に帰ると、アレッサンドラは寝室へは行かず、居間のソファに座ってテレビを見た。そこにアルフレードが入ってきて膝に飛び乗った。猫は彼女が求めている愛を与えてくれる。

「アレッサンドラ？」母親の声がしたので、彼女は顔を上げた。「お客さまがいらしているけど、会う気はある？」

「調査チームのメンバーなら、二、三日たってからにして、と言ってもらえるかしら？」

「リニエーリ・モンタナーリなんだけれど……」

アレッサンドラはどきりとした。

「病院に面会に行ったとき、看護師が点滴を交換したらあなたがすぐ眠ってしまったから、その後の様子がどうなのか心配して来てくださったみたいよ」

リニは本当に病室にいたのね！

あれは夢ではなかったんだわ。アレッサンドラは母親の言葉を聞いて感激すると同時に思い悩んだ。

「私……ひどい顔をしてるでしょう」

「そんなことはないわ」母は励ますように言った。

「でも、帰ってほしいなら、そう言うけれど」

「いいの……でも、まだお通ししないで。ちょっと私のバッグを取ってくれない？　サイドボードの上にあるわ」

バッグを取ってもらうと、アレッサンドラは震える手で髪をとかし、口紅を塗った。

「もういいかしら？」母親がきいた。

アレッサンドラはうなずいた。リニが来るのを待つ間に携帯電話を見ると、友人たちから十件以上のメールが入っていた。いつ仕事に戻れるのかというブルーノからのメールやフルヴィアからの見舞いのメールもある。

編集者はアレッサンドラの無事を喜び、本を仕上げようと無理をしないよう言ってくれた。けれど、デーアからのメールはない。たった一人の姉が連絡をくれなかったことで、アレッサンドラの心にあいた穴はさらに大きくなった。

「とても病人には見えないね」

聞きたくてたまらなかった男性の声がし、アレッサンドラは顔を上げた。「そのとおりよ。実は仮病なの」

リニが近づいてきた。今日はジーンズにブルーグレーのプルオーバーを着ている。彼は手を伸ばして猫の耳の後ろをかいてやった。

「おまえの動物的本能は確かだな、アルフレード。できるならおまえと代わりたいよ」次の瞬間、リニはかがみ込んでアレッサンドラの唇に温かな唇を押しつけた。「生還おめでとう。海底で意識を失ったと聞いたときはぞっとしたよ」

「ほんの少しの間だけよ。相棒《バディ》のジーノが何をすべきかちゃんとわかっていたから、本当にあっという間の出来事だったわ」

「調査チームのメンバーがベテランぞろいで本当に助かった」リニは真剣な表情でじっと彼女を見下ろしている。

「リニ……どうしてここに来たの？」

「どんな理由があったにせよ、僕はさよならも言わずにここを出て、きみにひどい仕打ちをした。きみがわざわざポジターノまで会いに来てくれたのに、理由をきちんと説明しなかったのはもっとひどい。二度とも自分は正しいことをしていると思っていたけど、きみの事故をきっかけにいろいろなことに対する考えが変わったんだ。

僕はきみを愛している。女性にこんなことを言うのは初めてだ。きみを失いかけて初めて気づいた。どんなことがあってもきみと一緒にいなければならない、と。だから僕ともう一度やり直す気持ちがきみにあるかどうか確かめるために戻ってきたんだ」

アレッサンドラが呆然《ぼうぜん》とソファに座っていると、リオナがワゴンを押して部屋に入ってきた。「アルフレードがお邪魔をしているようなら、連れていきますけど」

「いいのよ、ここにいてくれて。ありがとう、リオナ」

リオナが出ていくとリニは立ち上がり、テーブルに料理がのった皿とアイスティーを並べた。そして食事をしながら話し始めた。「僕たちには二度目のチャンスが与えられたんだ。だからきみを僕の家に招待して、一週間一緒に過ごしたいと思っているんだけど」

アレッサンドラは自分の耳が信じられず、最初に頭に浮かんだことを口にした。「一週間も休暇を取ることなんてできるの？」

「もちろんだよ。仕事に邪魔されずにきみのことをよく知りたいんだ。好きなときに休暇を取れるのが最高経営責任者《CEO》のいいところさ。医者は少なくとも二週間は海に潜らないように、と言っていただろう。今まではきみが自分の世界を見せてくれた。今度は僕が自分の世界を見せる番だよ」

アレッサンドラはにっこりした。「たとえば釣りの世界とか？」

「きみが見たいなら」

「アウトドアは好きよ。ハイキングもキャンプも」

「この時季の山はきれいだよ。編集者に原稿の納期を延ばしてもらったら？」

「無理をしなくていい、ともう言われているわ。でも、一週間たったらどうするの？　私の許しを得るためにできることはすべてしたと満足するの？　いずれ終わりが来ることを知りつつ一緒に短い休暇を楽しんで、さりげなく別れを告げるの？　あなたはあなたの道を行き、私は私の道を行くの？」

「先のことを心配するのはやめて、今日一日のことだけを考えないか？　僕にとってこんなことは初めてだから、きみにも協力してほしいんだ」

「こんなことって？」

「大切な女性にうちに泊まってもらうことだよ」

「私だってそんなことは初めてよ」

「医者の話では、きみには安静が必要で、明日まで飛行機に乗ってはいけないそうだ。だから僕が帰ったあと、招待を受けるかどうかよく考えてみてくれないか？　明日の朝、電話で返事をしてくれ。きみが僕の家に来ると決めたら、リムジンで迎えに来るから、社用機でポジターノに行こう」リニは立ち上がった。

「そのときまであなたはどこにいるの？」

「メタポントの空港にいるよ。機内のオフィスで仕事をしてベッドルームで寝る。連絡の期限は午前十時にしよう。そのときまでにきみから電話がなかったら、僕はナポリに戻る」

アレッサンドラにはリニが本気だとわかった。

「きみの携帯を渡してくれたら、僕の電話番号を入れておくよ」

アレッサンドラはリニに携帯電話を渡した。「どんな返事にしろ、必ず電話するわ」

「それで充分だ」リニは携帯電話をテーブルに置いた。「今はゆっくり休んで。それじゃ、お大事に、いとしい人《アドラータ》」

リニが部屋を出ていったとたん、アレッサンドラは彼を呼び戻して今すぐ一緒に行くと言いたい衝動に駆られた。でも、ここは落ち着いて考えなければ。彼と一週間一緒に過ごすと決めたら、私の人生はがらりと変わってしまう。

リニは今日一日のことだけを考えようと言った。だとしたら彼が望むとおりにするしかないわ。今は彼がいないと生きていけないとわかっているのだから。たとえ一週間だけだとしても、それはそれで仕方がない。リニは女性に子どもを産ませることができないからといって、人生の未来図を描くことをやめてしまった。彼に養子縁組がどういうものか知ってほしい。そうすれば、充実した人生を送れることがわかるだろう。

　翌朝八時にリオナが部屋に運んできた朝食をとったあと、アレッサンドラはリニに電話をした。

「僕が聞きたい返事を聞けるのかな？」リニはよく響く声で言った。

「かもね。あなたの気が変わっていないかぎり」

「アレッサンドラ、じらすのはやめてくれ」

「あなたの家に行きたいけれど、荷造りをする時間が必要だわ」

「どれくらい？」

「十時までに出発しなければいけないの？」

「きみが一緒に来るなら、何時でもかまわないよ」

「それなら、十二時はどう？」

「じゃ、十二時に迎えに行くよ。昼食は機内でとろう」

「楽しみだわ。またあとでね、リニ」

　電話を切ると、アレッサンドラは部屋を駆けまわって支度をした。いつも旅行に行くときは必要最小限のものしか持っていかないが、今回は違う。アウトドア用のスポーツウェアが必要だし、新しいビキニを二、三着持っていくつもりだし、リニを驚かせるようなイブニングドレスも持っていきたい。

　アレッサンドラはラジオをつけて軽いロック音楽を流した。猫が部屋に入ってきたが、踊りながら荷物を詰めている彼女を見て、頭がおかしくなったのかと思っただろう。

「アルフレード、あなたも彼のすてきな家を見たらびっくりするわよ」

「誰の家ですって?」聞き覚えのある声がした。アレッサンドラはくるりと振り返った。「デーア!」不意を突かれて驚いたが、すぐに駆けていって姉を抱き締めた。「帰ってくるなんて知らなかったわ」

「そのようね。お父さまから事故の話を聞いて、お見舞いに来たのよ。まだベッドの中にいると思っていたのに、部屋の中を飛びまわって猫とおしゃべりしているなんて。どうして荷造りしているの?」

「私……その……旅行に行くの」アレッサンドラはしどろもどろになった。

「それはわかるわ」デーアはベッドの上に置かれたスーツケースを見た。「ずいぶん詰め込んだのね。とうとうブルーノ・トッツィにチャンスをあげたの?　彼は一年以上あなたを追いかけていたでしょう」

「ブルーノじゃないわ。あの人にはまったく興味がないもの。実は、リニ・モンタナーリの家に招待されているの」姉には本当のことを話すしかないとアレッサンドラは思った。

リニの名前が出たとたん、デーアの顔から血の気が引いた。「ナポリ、それともポジターノの家?」

もちろんデーアが知っていても不思議はないわ。一度きりとはいえ彼とダンスをしたのだから。「ポジターノよ」

「あなたがお父さまの代わりにうちの土地を案内したからそういうことになったの?」

「デーア、ちょっと座って話しましょう」アレッサンドラはスーツケースの蓋を閉めた。「リニは私と一緒に海に潜ったの。彼もダイビングが好きなのよ。地震があったと聞いたときは病院に駆けつけてくれたわ。昨日もここに来て、一週間自分の家に滞在するよう勧めてくれたのよ」

「つまり、彼はこの一カ月間ずっとここにいたわけじゃないのね」

「ええ、もう何週間も前に出ていったわ。またリニに会って私も驚いたくらいよ」

アレッサンドラが化粧品をまとめ始めると、デーアはその動きを目で追った。「そもそもあの人がお父さまに事業計画を持ちかけたという話を知ったときは驚いたわ」

「確かに驚いたわね」

「正直に言って。あなたが彼とつき合うのはフランチェスコとのことがあったからなの？」

「まさか！　どうしてそんなことを？　何があったにしろ、すべて終わったことよ」アレッサンドラはベッドの端に腰を下ろした。「私に何を言わせたいの？」

「彼に恋をしたの？」

「リニは大切な人よ」

「フランチェスコと同じくらい？」

「比較なんかできないわ。フランチェスコは初めてつき合った男性だし、私も若かった。あなたが言ったように彼はつまらない人間だったのよ」

「どうして私がそう言ったのかわかっているの？」

「どういう意味？」

「フランチェスコは私に気があったわけじゃないのよ。ローマに着いたその日にもう別のモデルを口説いていたわ」

「そんな……ちっとも知らなかったわ」

「お母さまから何か聞いていると思っていたけれど。私がこんな話をするのは、リニエーリ・モンタナーリに注意してほしいからよ」

アレッサンドラはそんな話を聞きたくなかった。

「船の上で彼の親友のお父さまがこっそり教えてくれたのよ。リニエーリ・モンタナーリはイタリアじゅうの女性が結婚したがっている独身男性だって。でもそんなことは私も親友のダフネも知っていたわ。でも、そんな話をしているうちに、彼はとんでもないプレイボーイじゃないかと思い始めたのよ。アレッサンドラ、彼は何かを狙っていて、お父さまからそれを手に入れたあと、あなたを捨てるつもりかもしれないわ」

「いいえ、リニは何も狙っていないわ。数週間前にお父さまに持ちかけていた事業計画を撤回して、今はほかの掘削候補地を探しているくらいですもの」

「それは知らなかったわ。ごめんなさい」デーアは立ち上がったが、アレッサンドラの話を聞いて動揺しているようだ。「彼は何時に迎えに来るの？」

「十二時よ」

「もうじきね。彼が来たときにそばにいたくないから、お父さまとお母さまのところへ行くわね。あなたが元気になってよかったわ」

胸の奥から温かな感情がわき上がり、アレッサンドラはもう一度デーアを抱き締めた。「来てくれてありがとう。これが私にとってどれほど大事なことかわからないでしょうね」

デーアも妹を抱き締めた。「あなたは昔から本当に勇敢だったわ」頬にキスしたあと、姉は部屋を出ていった。

私が勇敢だった？

それから一時間後、リムジンを降りて社用機に乗り込むときも、アレッサンドラの頭の中ではまだその言葉が駆けめぐっていた。

リニとアレッサンドラは窓際のテーブルにつき、ロブスターのパスタとナポリの伝統菓子スフォッリヤテッラを味わった。彼の目は片時もアレッサンドラの目から離れない。「笑顔を見ることができてうれしいよ。迎えに行ったとき、きみはどこかうわの空だったからね。一瞬、まだ出かけられる状態ではないのかと心配した」

「大丈夫よ。まだ少し疲れてはいるけれど」

「大変な経験をしたんだから無理もないよ。家に着いたら、好きなだけ休むといい」

　アレッサンドラも早く元気になりたかった。リニの招待を受けると言ったときの高揚感を取り戻したい。それにしても、デーアの突然の帰宅には驚かされた。姉が見舞いに来てくれたのはうれしかったけれど、リニのことをあれこれきかれたせいでうきうきした気分に水をさされた。

　リニは城に迎えに来たときにデーアがいたことは知らない。それは知らせたくない。もちろん姉が言ったことも。デーアが意地悪な態度をとらなかったことにはほっとしたものの、姉もそれなりに苦しんでいるような気がしてならない。

　アレッサンドラは初めてリニと会ったときのことを思い出した。ひと目で惹《ひ》かれたけれど、彼がすでにデーアに会っていることがわかったので、そんな気持ちを抑えなければならなかった。

　でも、今日、リニが私を自宅に招待したという話を聞いて、デーアは現実と向き合わざるをえなくなった。船上で会ったときにリニに惹かれたなら、彼を忘れるのにどれだけ時間がかかるのだろう？　とくに将来、リニが私の人生にかかわるとしたら……。

「本当に疲れているようだね」リニは立ち上がり、アレッサンドラの座席を調節して横になれるようにした。「ポジターノまでそれほど時間はかからない。家に着いたら、いつものきみに戻るまで部屋でゆっくり休んでもらうよ」

「ありがとう」けれど、アレッサンドラにはもういつもの自分がどういうものなのかわからなかった。リニと出会ってから人生は新しい意味を持ち始めたのだ。

　アレッサンドラは疲れているだけでなく、ほかにもおかしなところがある。玄関の外で彼女に出迎えられたとき、リニはそのことに気づいた。彼は中に入って両親に挨拶するよう言われるものと思っていたが、アレッサンドラは二人に会わせようとしなかった。リニは何もきかなかった。いずれ謎は解けるだろう。これからまるまる一週間あるのだから。

ジェット機がポジターノに着陸すると、今度はヘリコプターでモンタナーリ邸に向かった。リニはアレッサンドラの荷物を持ち、家の裏手にあるテラスに通じる小道を進んだ。前を歩いているアレッサンドラが肩越しに振り返る。「本当にあなたは楽園で暮らしているのね。自分の家にいると海の匂いがするけれど、ここにはえもいわれぬ香りがあふれているわ」

「ときどきベズビオ山から硫黄の臭いが漂ってくるナポリで暮らしていたから、この花に覆われた山頂を選んだんだ。家の中に入ったらきみの部屋に案内するよ。プールに面しているから、いつでも外に出てひと泳ぎできる。さあ、行こう。まずきみをベッドに入れないと」

寝室に入った瞬間、アレッサンドラは目を見開いた。「すてきなお部屋ね。あのコーヒーテーブルに置いてあるブルーの紫陽花《あじさい》、とってもきれい」

「気に入ってくれてよかった。さあ、着替えてさっぱりするといい。すぐに戻るよ」リニはスーツケースを下ろし、キッチンに行った。これから三日間、ビアンカに休みをやったので、自分でアレッサンドラの世話をすることができる。

リニが部屋に戻ると、アレッサンドラはベッドの端に座っていたが、きちんと折り目のついた白いキュロットとブルーの地にさまざまな色の模様が入ったシルクのブラウスを着たままだった。その姿がはっとするほど魅力的なのでリニは思わず見とれた。

「もうベッドに入っていると思ったよ」リニがミネラルウォーターのボトルをベッド脇のテーブルに置

き、プールに面した鎧《よろい》戸《ど》を開けると、夕日がさし込んできた。

アレッサンドラはほほ笑みながらリニを見上げたが、その顔には海に潜っていたときのような生き生きとした表情がない。「寝るのは夜になってからにするわ。せっかくこうしてまたあなたの世界にいるんだから、話をしたいの。どうぞ座って」

リニはコーヒーテーブルのそばに置かれた椅子に腰を下ろした。

「ビアンカは？」

「短期休暇中だよ」

「それじゃ、ここにいるのはあなたと私だけ？」アレッサンドラの声がかすかに震えた。

「僕と二人きりになるのは心配かい？」

「とんでもない」アレッサンドラは立ち上がり、テーブルに近づいて花の匂いを嗅いだ。「ざっくばらんに話しましょう。あなたはもう一度やり直したいと言ったわね。私も同じ気持ちだけれど、あなたのことをもっとよく理解したいの」

リニは身を乗り出して脚の間で両手を組み合わせた。「僕もそうしたいから、きみをここに連れてきたんだ。時間はたっぷりある。さあ、なんでもきいてくれ」

アレッサンドラは疑わしげな目つきでリニを見た。

「あなたはそう言うけれど、本気で言っているのかしら」

「どうして疑うんだ？」

「なんとなくよ。それならまず、初めてデーアと会ったときに何があったのか、ちゃんと話して。私たちは一卵性双生児だから、特別な一体感みたいなものがあるの。ときには気味が悪いほど」

「たとえばどんなふうに？」

「説明するのは難しいけれど、私たちは別々の人間なのに、同時に同じことをしたり考えたりすることがあるの」

　リニも立ち上がった。「そういう話は聞いたことがあるけど、それが僕とどんな関係があるんだ？」

「はっきりとはわからないわ。ただ、そう感じるだけ」アレッサンドラは不安そうに言い、背を向けた。

　リニは肩に手を置いてアレッサンドラを引き寄せた。「怖いんだね」いい香りのする髪に唇を寄せてささやく。

「ええ」

「何が怖いんだ？　僕か？　言ってごらん」リニはそっと彼女を揺すった。

「伯母とあなたが話したときのことをずっと考えていたの。あなたはデーアには惹かれないけれど、私には惹かれると言ったんでしょう」アレッサンドラはリニの腕の中で向き直った。「でも、それですべての疑問の答えが出たわけではないわ」

「ほかにどんなことを知りたいんだ？」

「私がデーアじゃないとわかったときにどんな気持ちだったか話してくれない？」

「あの夜、城を出てメタポントのホテルに戻っても、きみのことが忘れられなかった。誤解しないでくれ。僕が考えていたのはきみのことだよ。遠くから見ると、きみの外見はデーアそのものだった。だが、きみにデーアではないと言われたとたん、僕は間違いに気づいた。

　階段にたたずんでいたきみはとてもかわいらしかった。ショートヘアで、ビキニの上に男物のシャツを無造作に羽織っていた。日に焼けて、化粧気なしで、裸足《はだし》で、生き生きとして、ダッフルバッグを持っていた。あのとき、絶対にこの刺激的な女性と知り合いになろうと思ったんだ。次の日の朝、また城へ行ってきみに会うのが待ち遠しかった」

　アレッサンドラはリニの腕の中から抜け出した。

「正直に話してくれてありがとう」

「僕は正直に話したから、今度はきみがどんな気持ちだったか話してくれないか？」

「玄関ホールであなたに呼びとめられたとき、どうかしていると思われるかもしれないけれど、近づいてくるあなたを見て、いつも夢に出てきた王子さまが目の前に現れたような気がしたの。言葉を交わす前にあなたは私の心に入り込んでしまったのよ。

でも、あなたが話し始めたとたん、私をデーアだと思っていることがわかって、夢は砕け散ったわ。デーアはすでにあなたと関係がある。私より先にあなたと出会っている。そんな嫉妬の気持ちがわき上がったのは初めてだったわ。ひと目ぼれの話を聞いたことはあるけれど、自分がそうなるなんて思ってもいなかった。デーアが先にあなたと出会ったかと思うと、つらくてたまらなかったわ」アレッサンドラの目が涙できらめいた。「車であなたを案内しているときにあなたとデーアの本当の関係がわかるまで、必死に自分の気持ちに蓋をして、父の前でも何事もないかのように振る舞って」

「ああ、アドラータ」リニは手を伸ばしたが、アレッサンドラは一歩後ろに下がった。

「まだ話は終わっていないわ。ほかにも聞いてほしいことがあるの」

リニはなんとか感情を抑えた。「なんだい？」

「子どものころ、デーアと私は好き嫌いがほとんど同じだったわ。二人が好きだったのは、いつか結婚する王子さまの話をすることで、ミニチュアのお城や父が作ってくれたいろいろな人形を使って、よくおままごとをしたの。

デーアはいつも母と伯母から人形に着せるすてきな服をもらったわ。母も伯母も姉がおしゃれが好きだと知っていたから。私がもらったのはすてきな船だったから、それで私と王子さまは世界じゅうをまわっていたの」

リニの喉に込み上げるかたまりがしだいに大きくなった。

「私たちは何時間も飽きずに遊んだわ。王子さまと結婚して、子どもたちに囲まれていつまでも幸せに暮らしていたの。私たちの場合、生まれたときからお城で暮らしていたから、それはまったくの作り話でもなかったけど」

「アレッサンドラ――」

「最後まで言わせて」リニの言葉を遮って続けた。「船の上で初めてあなたに会ったとき、デーアも私と同じ経験をしたんだわ。あなたを見て、子どものころからずっと夢見ていた王子さまが現れたと思ったのよ」

リニはぎゅっと目を閉じた。アレッサンドラの話を聞いて、今まで心に引っかかっていた疑問の答えが出た。これであの夜、ダンスが終わったときにデーアが僕の首に腕を絡ませ、この人は自分のものだと言わんばかりに熱烈なキスをした理由がわかった。

あの状況を見てもグイドは平然と振る舞っていたが、目にはかすかに羨ましそうな表情が浮かんでいた。しかし、あの夜デーアがしたことを話すのは、デーアにとってもアレッサンドラにとっても残酷なことだ。これは墓場まで持っていく秘密にしなければならない。

リニは顔を上げた。「きみが言いたいのは、今、打ちひしがれているのはデーアだということか？」

「たぶんね」

「それなら話を振り出しに戻そう。罪悪感にさいなまれて僕と一緒に休暇を楽しめないというなら、明日の朝、家まで送っていくよ」

「いいえ、リニ……そんなことを望んでいるわけじゃないの。ただ、どうしてもこの話はしておかなければならないと思って」

「だが、話したところで何も解決しないだろう？」

「どうしたらいいのか教えてほしいの」

「それなら心配するのはやめて休暇を楽しもう。僕たちにできるのは、時間と仕事がデーアに失望感を忘れさせてくれるよう祈ることだけじゃないかな」

だが、それは容易なことではないだろう。リニは今でもフルヴィアとのやり取りを忘れていないのだから。「ところで、できれば明日は泊まりがけでハイキングに行きたいと思っているんだけど」

「ぜひ行きたいわ」

「じゃ、朝になったら、きみ用の軽いバックパックと寝袋を調達しよう。今の気分はどう？」

「ずいぶんよくなったわ。おなかもすいてきたけど、あなたもそうでしょう。町に出てどこかで食事をしない？」

「早く町を案内したかったんだ。準備がよければすぐに出かけよう」

7

家の前にとめた黒のＢＭＷにアレッサンドラを乗せるとき、リニは彼女のウエストに腕をまわして引き寄せ、首筋にキスしてから手を取った。今夜起こることを期待してアレッサンドラは胸をときめかせた。車は青々と茂る木々に囲まれた曲がりくねった道を走り、町の中心部に向かった。糸杉や椰子《やし》の木立の向こうに見え隠れする美しい邸宅から明かりがもれている。

車の中にはリニがシャワーを浴びるときに使う石鹸《せっけん》の香りが漂っている。アレッサンドラは彼に対する気持ちを隠すことができなかった。頭の中からデーアのことを締め出さないと、このすばらしいひとときが台なしになってしまう。

「すごいわ。私たち、崖のてっぺんにいるのね」

リニはにっこりして、細い道の脇に車をとめた。

「ここは僕のお気に入りの店なんだ。眺めがすばらしいよ」車から降りると、静かなロック音楽が聞こえてきた。二人は両側に花が咲き乱れる石の階段を上り、小さなレストランに入った。バンドが演奏しているテラスからは二つの山の斜面にはさまれた海を見下ろすことができる。

アレッサンドラは息をのみ、思わずリニにしがみついた。「かなり切り立った崖ね」

「きみと一緒に二十五メートル下にある二人だけの世界へ落ちていきたくなるくらいにね」

リニはアレッサンドラの肩を抱き、ろうそくのともるテーブルのほうへ連れていった。あたりにはロマンティックな雰囲気が漂っている。

彼女を椅子に座らせ、リニはウエイターにワインを頼んだ。「料理の注文はまかせてくれるかい？」

「明日、ハイキングに行ったときに、私に料理をまかせてくれるなら」

「ああ、そのときが待ち遠しいな」注文を聞いてウエイターが立ち去ると、リニはアレッサンドラの手を取り、小さなダンスフロアへ連れ出した。そこではすでにもうひと組のカップルが踊っている。

「ここは狭すぎて二組は踊れないわ」

「いい考えがある」リニは耳元でささやくと、耳たぶを優しく噛《か》み、その場にたたずんだまま音楽に合わせて体を揺らし始めた。「こんなふうにきみを抱く夢を何度も見たんだ。今夜はウエットスーツに邪魔されることもない」

アレッサンドラはくすくす笑った。「私も気づいていたわ」

「もう絶対にきみと離れたくない」リニはかすれ声で言い、彼女を抱き締めた。

アレッサンドラは目を閉じてリニとともに体を揺らした。〝絶対に〟というのは〝永遠に〟というふうにも聞こえる。本当にそんなことがありうるのかしら？ そんな問いが浮かんだとたん、デーアのことを思い出し、今まで以上に胸が痛くなった。だから今は何も考えずに星空の下でリニと過ごすひとときを楽しんだほうがいい。

「ずっとこうしていたいわ」アレッサンドラはつぶやいた。「でも、料理が出てきたみたい。まずはあなたの食欲を満足させましょう」

「僕の気持ちをわかってくれる女性と一緒にいられてうれしいよ」

二人はテーブルに戻り、おいしい料理を味わった。最初はマッシュポテトの上にのった蛸《たこ》と海老《えび》のカクテル、次は野菜とめかじきのカルパッチョ、デザートはチョコレートのロールケーキだ。

「こんな食事を続けていたら、もっと大きなサイズのウエットスーツを買わなければならなくなるわ」アレッサンドラは冗談を言った。

リニは楽しそうに目を輝かせた。「明日のハイキングでその分のエネルギーを消費しよう。今夜のところは家に帰ってベッドに入らないと。今日は疲れただろう」

「確かに今夜はベッドが恋しいわ」

「そうだね」リニは勘定をすませ、アレッサンドラを連れてレストランを出た。「階段に気をつけて。僕につかまるといい」

促されるまでもなくアレッサンドラは彼にしがみついた。リニはしっかりと彼女を引き寄せたまま車のほうへ歩いていき、ドアを開ける前に唇を重ねた。ずっと待ち焦がれていたキスに呼び覚まされた情熱が激しく燃え上がり、アレッサンドラは気が遠くなりそうになった。そのとき、通り過ぎる車に乗っていた誰かが口笛を吹き、彼女は恥ずかしさのあまり真っ赤になったが、リニはくすくす笑いながら車のドアを開け、彼女を乗せた。

「すまなかったね」車を出したあと、リニが言った。

「謝ることはないわ」

「どうしても我慢できなかったと言ったら、信じてくれるかい？」

アレッサンドラは座席の背にもたれた。「本当にすてきな夜だったわ。めったにワインは飲まないのに、今夜は飲みすぎたかも」

リニはアレッサンドラの膝に手を置き、軽く揺すった。「たった一杯で？」

「あなたの影響でもう堕落してしまったみたい」

車の中に笑い声が響いた。「知らなかったのか？僕はもうアレッサンドラ依存症になっているんだよ。今夜は部屋のドアに鍵をかけたほうがいい」

アレッサンドラは首をまわしてリニのほうを見た。

「私はあなたを信用しているわ、リニ」

「しないほうがいいかもしれない」

「信用していなかったら、あなたと二人でキャンプになんて行かなかったわ。そういえば、明日はどこへ連れていってくれるの？」

「神々の道へ」

「それはあなたがつけた名前？」

「いや。昔、アマルフィ海岸沿いに造られた道の名前なんだ。そこから見る景色は世界でも一、二を争う美しさだと思う。行ってみたら僕の言う意味がわかるよ。ところどころで峡谷や崖にでくわすけど、そこを通り抜けたあと、内陸に進路を変えて山の中に入るんだ」

「話を聞いただけでぞくぞくしてきたわ」

リニは前庭に車をとめ、アレッサンドラを部屋まで連れていくと、そっと肩に手を置いた。「僕たちの休暇の始め方としては、今夜は申し分なかったね。明日はきみの準備ができたら出発しよう。それじゃ、おやすみ」

リニは軽くキスしてから部屋を出ていった。これでよかったのよ、とアレッサンドラは思った。リニがぐずぐずしていたら、出ていかせたくなくなってしまうもの。

ベッドに入る前にクローゼットに衣類をかけ、携帯電話をチェックした。母から退院後の体調を気遣うメールが入っていたが、まだ城にいるはずのデーアのことにはまったく触れていない。アレッサンドラは母親に返信し、元気だということと明日ハイキングに行くことを伝えた。そのあとベッドに入ったものの、つらい思いをしているデーアのことを考えると胸が痛んでなかなか寝つけなかった。

翌朝、ベッド脇に置かれた内線電話のベルが鳴り、アレッサンドラは目を覚ました。腕時計を見ると、七時半だ。釣り好きのリニは朝型人間なのね。少しずつ彼に関する大事なことがわかってきた。アレッサンドラはほほ笑みを浮かべながら受話器を取った。

「おはよう、リニ」

「キッチンでコーヒーをいれたから、起きたら飲みにおいで。急ぐ必要はないけどね」

うきうきした彼の声を聞いて、アレッサンドラもわくわくしてきた。「お昼まで起きられないと言ったら、あなたは心臓発作を起こすでしょうね」

「頼むからそんなことは言わないでくれ」

「私とつき合うには辛抱強くないとだめよ」アレッサンドラはからかった。「それじゃ、あとでね」

電話を切ったあと、急いでシャワーを浴び、まずスーツケースを開け、ジーンズとTシャツとトレッキングブーツを取り出して身支度をした。さらに布製のトートバッグを出し、それに着替えの服とソックス、フードつきパーカー、懐中電灯、マッチ、化粧品、ブラシを詰め込んだ。それをこれから買うバックパックに入れればいい。

荷物を手に、優美な家の中を駆け抜けてキッチンに着いたとき、支度にかかった時間がたった八分だったことに気づいた。これは上出来だわ。目の前でコーヒーを飲んでいる男性は何時間も待たされると覚悟していたはずだもの。

　ハンサムな顔に浮かんだ驚きの表情を見てアレッサンドラはにんまりした。「お待たせ」

　リニの目は輝いている。次の瞬間、彼はアレッサンドラを抱き寄せてぐるぐるまわした。「あと五分待っても来なかったら、きみの部屋に押し入ってつかまえていただろうな」

「それなら、部屋で待っていればよかったわ」

　リニは大声で笑ったあと、激しく唇を奪い、アレッサンドラが息苦しさを感じ始めたころ、ようやく身を引いた。「朝食も用意しておいたから食べてくれ。その間にきみの荷物と僕が詰めておいた弁当を車に運んでおくから」

「ハイキングのお弁当まで作ってくれたの？　私もお手伝いしたのに」

「ビアンカがいつも僕の好物のチーズ入りミートパイを作り置きしておいてくれるんだ。それも少し持っていこう」

「おいしそう。楽しみだわ」

　アレッサンドラはハムロールと葡萄《ぶどう》を食べ、コーヒーを飲み干すと、急いで外に出ていった。戸締まりをしたあと、二人はバックパックを買うために車で町へ向かった。必要なものがそろったところでポジターノの郊外に向かって出発し、目的地に着くと、ハイカー用の駐車場に車をとめた。

　リニはハイキングに必要な道具を慣れた手つきでコンパクトにまとめた。その中にはテントや釣り道具、ほかにもいろいろなものが含まれている。

「どんな感じかな？」アレッサンドラがバックパックの肩紐《かたひも》を調節するのを手伝ったあと、リニはきいた。「バランスが悪い？」

「大丈夫よ。今日は天気も最高ね」

アレッサンドラはサングラス越しに目の前に立っている魅力的な男性を見つめた。リニはさまざまな装備の大半を軽々と担ぎ、ほほ笑みながら彼女を見返した。「すごい景色に仰天するから覚悟しておくんだよ」

「お先にどうぞ、隊長さん」

アレッサンドラはリニのあとについて踏みならされた道を進んでいった。二キロほど歩いたころ、気がつくと、標高三百メートル以上はある断崖の上にいたが、どこにも手すりがない。

「リニ」アレッサンドラは思わず声をあげた。

「ここは崖のてっぺんだ。このあたりの住人はこの道を使って行ったり来たりしているんだよ」

「驚いたわ。とても信じられない」さらに進んでいくと、果物や野菜を育てている農家があった。

「中にはここにハイキングに来て、このあたりの小さな家に住もうと決めた人もいるんだ」

「わかる気がするわ。ここはとても静かで、外界から切り離されているから」

「嵐のときに来てごらん。海のほうから雲が押し寄せてきて断崖にぶつかるんだ」

「この高みから見る景色はまさに絶景ね。あの海の青さ、ちょっと写真を撮っておこうかしら」アレッサンドラはポケットから携帯電話を取り出し、景色と一緒にリニも写した。二人は交替で写真を撮り合ったあと、また歩きだした。

本当に〝神々の道〟を歩いている気分だわ、とアレッサンドラは思った。目の前を行く男性はオリンポスの神々さながらだ。

正午に木陰で昼食をとったあと、二人は方向転換して内陸に入った。リニはまさに生き字引で、動植物に詳しいだけでなく、この地域の歴史についてもよく知っている。

二人は峡谷や洞窟を通り過ぎ、やがて山の中を流れる小川に着いた。「毛鉤釣り《フライ・フィッシング》をしたことはあるかい？」リニがきいた。

「海で流し釣り《トローリング》をしたことがあるだけ。だから、教えて」

「きっと好きになるよ。ひと休みしたら、釣《つ》り竿《ざお》を組み立てて投げ込み《キャスティング》の仕方を教えよう」

地面に座ってくつろぐのはいい気分だった。リニはアレッサンドラに釣り道具入れを見せ、使いたい毛鉤《けばり》を選ぶよう言った。

「全部、ここで使えるの？」

「ほとんどはね。蜘蛛《くも》に似せて作ったグレーの毛鉤を探してごらん」

アレッサンドラは道具入れの中をかきまわし、その色の毛鉤を持ち上げた。「これかしら？」

「そうだよ。それをつけて水際まで行って、今夜のおかずを釣ろう」

リニは毛鉤を糸につけてから場所を選んだ。

「投げ方を教えて」アレッサンドラは声をかけた。

彼女がこつをつかむまで、リニは五、六回釣り竿を振って毛鉤を水に投げ込んでみせた。

「わかったわ。今度は自分でやってみるわね」とはいえ、見かけほど簡単ではなく、アレッサンドラの投げ方は低すぎたり、高すぎたり、勢いがつきすぎたりした。最後に投げようとしたときは釣り竿を後ろに振りすぎて、糸が低木に引っかかってしまった。

「ああ、もう！」

リニはげらげら笑ったりはしなかった。でも、きっと忍び笑いをもらしているわ。毛鉤を取り戻すために渓谷の斜面をよじ登りながらアレッサンドラは思った。

それから必死に毛鉤をはずそうとしたが、うまくいかない。「ねえ、ちょっと手を貸して！　どうしてもはずれないの」そばにやってきたリニはとげだらけの低木に引っかかった毛鉤を慎重にはずした。

「あなたはとても上手だから、こんな失敗はしたことがないんでしょうね」

「僕だってどれほど失敗したかわからないよ」そう言ったあと、リニはアレッサンドラの唇にしっかりとキスをした。「さあ、もう一度やってみよう」

「恥ずかしいから、しばらくあなたが釣っているところを見ているわ」

リニは自分の釣り竿を取り、岩の近くの淀《よど》み目がけて毛鉤を投げた。三度目に投げ込んだとき、小さな魚が食いついたので、リールを巻いてたぐり寄せた。

「すばらしい動きね。私には絶対にできないわ」

「根気よく練習すればうまくなれるよ」リニはフィッシュナイフを取り出し、毛鉤をはずして魚を川に戻した。

「どうして戻すの？」

「小さすぎるからさ。たぶんあいつの兄さんや姉さんがこの近くにいるだろう。さあ、もう一度やってごらん」

アレッサンドラは釣り竿をつかんだ。「あなたと同じところへ投げてみるわ」ところが、今度は思いきり強く振った拍子にすっぽ抜けた釣り竿が川に落ちた。「大変！」釣り竿を取ろうと慌てて流れの速い川に入ったが、石につまずいて顔から先に水の中に倒れ込んだ。釣り竿はどんどん流されていき、水面から突き出ている岩の間に引っかかった。

リニはすばやく川に入り、膝まで水につかってアレッサンドラを助け起こした。彼女は顔を上げたが、笑ったらいいのか泣いたらいいのかわからなかった。リニはおかしくて仕方がないようだが、彼女を傷つけまいと懸命に笑いをこらえている。とうとうアレッサンドラも噴き出した。

「ごめんなさい、手が滑ってしまって」リニの腕の中から抜け出して足元に注意しながら下流のほうへ進み、釣り竿を拾い上げた。「今、大きな鱒《ます》が前を通ったわ。素手でつかまえればよかった」

男らしい笑い声があたりに響き渡った。リニが近づいてくる。

「いいの、来ないで。一人で岸に戻れるわ。あなたはこんなことを考えているんでしょう。こいつは本当にダイビングができるのかなって」そう言ったとたん、苔《こけ》に覆われた岩を踏んで足を滑らせ、またしても大きな水しぶきを上げてうつ伏せに倒れ込んだ。アレッサンドラが口から水を噴き出しながら立ち上がると、リニが写真を撮っていた。「ひどいわ」彼女は顔をしかめ、釣り竿を手にばしゃばしゃと水の中を歩いて岸に上がると、草地に倒れ込んだ。「今度笑ったら承知しないから」

「そんなこと絶対にしないよ。もう少し歩いて小さな湖まで行きたいと思っていたんだけど、こんな状況だから、ここでキャンプをしよう。テントを張るから、中で着替えるといい」

「大丈夫よ。このまま進みましょう。湖に行ったら運がよくなるかもしれないもの。私はトローリングだけにするわ」

黒い眉がつり上がり、その下で楽しげに目がきらめいた。「本当に？」

「さあ、行きましょう」アレッサンドラはバックパックを背負い、釣り竿はそのまま持っていった。

リニが先に歩きだした。途中ずっと小さな笑い声が聞こえたが、彼は一度も振り返らなかった。

三十分後、二人は草木に覆われた薄暗い峡谷に入った。どんどん日が暮れていくと、アレッサンドラは原生林の中にいるような気がした。川は細長い湖に注いでいる。「太った鰻《うなぎ》みたいな形ね」

「さすがダイバーらしい言い方だな。父はいつも葉巻みたいだと言っていたよ」

「弟さんはなんて？」

「細長い飛行船」

「あなたは？」

「ベール星雲」

　アレッサンドラは目をぱちくりさせた。「あなたは天文学も好きなの？」リニがうなずいたので、さらに言う。「天文学者になろうと思ったことは？」

「ないよ。宇宙はあまりにも遠いからね。工学の分野なら目指すものを手に入れることができる」

「実体のあるものが好きなのね」

　リニはうなずいた。「ここでキャンプしよう」

「いいところね。気に入ったわ」

「明日は湖の反対側に行ってみよう。水が滝になって海に流れ落ちているんだ」

　リニは草地を見つけると、ブルーと白の二人用テントを取り出した。アレッサンドラも手伝ってテントを張ると、中に入って温かなグレーのスウェットスーツに着替え、テニスシューズをはいた。ぬれたTシャツとジーンズとトレッキングブーツは外で乾かさなければならない。

　リニが焚《た》き火《び》の準備をしている間、アレッサンドラはテントの中に寝袋を二つ並べた。あまりにも胸がどきどきするので、その音がテントの外にいるリニにも聞こえるのではないかと心配したほどだ。今夜、二人は一緒に眠る。こんなすてきなことが起きるとは夢にも思っていなかった。

　テントの外に出ると、揺らめく炎にリニの男らしい顔が照らし出された。彼はジーンズにベージュのクルーネックのセーター姿だ。美しいオリーブ色の肌と黒い髪や目はナポリ人の先祖から受け継いだものだろう。ひと晩じゅうでも彼を見ていたい。

　リニは近づいてくるアレッサンドラを見つめた。

「こっちに来て座ったら？　コーヒーをいれておい

たよ。おいしいミートパイもある」

「ありがとう」アレッサンドラはリニの隣に腰を下ろした。「また食事の用意をさせてしまってごめんなさい。この次はもっとうまくやるわ」

「期待しているよ」

アレッサンドラはプラスチックカップに入ったコーヒーを飲んだ。「お母さまもここでキャンプをしたことがあるの？」

「何度もね。ヴァレンティーナも一緒だったよ。このあたりはかなり暗いだろう。母は小型望遠鏡を持ってきて、みんなに順番にまわしながら何時間も星座の話をしてくれた。両親がいつの間にかテントに引き揚げると、あとに残されたきょうだい三人は宇宙という不思議な世界を存分に楽しんだ。その後、ある程度大人になったとき、両親がこっそり姿を消したのは二人だけの世界を楽しむためだとわかったけどね」

「ええ、そういうことはよくあるわね」アレッサンドラはくすくす笑った。「私たちも家族でシチリア島に行ったことがあるの。一度は神殿の谷でキャンプしたわ。最初の日の夜、まだ明るいうちにみんなであたりを見てまわると思っていたのに、両親は私とデーアにどこかで遊んでいらっしゃいと言ったの。デーアと私は思わず顔を見合わせたわ。二人ともまったく同じことを考えていたのよ。あの夜をきっかけに私たちは少し大人になったのかもしれない。もうそれまでと同じ目で両親を見なくなったわ」

リニはパイを食べた。「わかるよ」

アレッサンドラは焚き火の前であぐらをかいた。

「あなたはどこの大学に行ったのか話してくれたことはなかったわね」

「ナポリ大学とマサチューセッツ工科大学だよ」

「学生時代に特別な女性と出会わなかったの？」

リニはコーヒーを飲み干した。「そんなこともあったが、卒業という目標があったから、学業の妨げになるようなことはしなかった。彼女は目標をそっちのけにするほど大きな存在ではなかったしね」

「その人とうまくいかなくてよかったわ。そうじゃなかったら、今、私はあなたと一緒にここにいなかったもの」

リニは立ち上がった。「この話の続きはテントの中でしよう。火を消すから、ちょっと待ってくれ」

彼が数回川へ水をくみに行って火を消している間、アレッサンドラは食事のあと片づけをした。

そのあとテントに入り、寝袋の中に潜り込んで横たわっていると、しばらくしてリニも紺のスウェットスーツに着替えてテントに入ってきた。

「こんなに楽しいのは生まれて初めてだよ」

「私もよ」

リニはテントの出入口のジッパーを閉め、空気を入れるために防虫網のついた小さな窓を開けた。それから寝袋の上に横になり、アレッサンドラのほうを向いた。「しばらく明かりをつけたままにしておいてもいいかい？ 話している間、きみの顔を見ていたいんだ」

アレッサンドラも寝返りを打ってリニと向かい合った。「私もあなたの顔を見ているのが好きだけれど、そんなことはもう知っているわね」

「アレッサンドラ」リニは彼女の手を取り、手のひらに唇を押し当てた。「今すぐきみと愛し合いたいが、これ以上先延ばしにできないから、まず僕が考えていることを言いたいんだ」

「なんなの？」

「どうしようもないほどきみを愛しているんだ、いとしい人《アドラータ》。僕と結婚してくれないか？」

アレッサンドラの口から小さな叫び声がもれた。

「リニ――」

「きみには言うまでもないことかもしれないな」リ

ニは起き上がってアレッサンドラのほうを向いた。

「初めて会った日、僕はきみに恋をした。超現実的な経験をしたのはきみだけじゃないんだよ」

アレッサンドラの全身に喜びが広がった。「あなたも同じ気持ちでいてくれたらと思っていたけれど、その言葉を聞けるなんて夢にも思わなかったわ」

「きみに重荷を負わせることになるから、言うのが怖かったんだ」

アレッサンドラは片肘をついて上体を起こした。

「重荷って？ 子どもを産ませることができないという問題なら、もうその話はしたでしょう。そんなことはどうでもいいのよ」

「どうでもよくはないよ。だが、養子縁組の話はあとにしよう。これから僕が話すのは、三週間前にきみと話し合うべきだったことだ」

三週間前？

その言葉を聞いて急に胸苦しさを覚え、アレッサンドラは起き上がった。「伯母さまに関係のある話なのね？」

リニの顔が曇ったのを見て想像どおりだとわかり、アレッサンドラの胸はさらに重苦しくなった。

「あの朝、ダイビングに行かずに私を家に送り届けたとき、あなたは父と仕事の話をすると言ったわ」

「ああ」

「あとで父の執務室に行ったら、あなたはもう帰ったと言われたの。私もヘリコプターの音を聞いたわ。父の話では、あなたがもううちの土地で掘削する気がなくなったということだった」アレッサンドラの声が震えた。「あのときは悪夢を見ているのかと思ったわ」

リニがいつまでも黙り込んでいるので、アレッサンドラは我慢できなくなった。

「伯母との間で何かあったから、さよならも言わずに出ていったんでしょう？ そんなに重大なことがあったのなら、どうしてすぐに話してくれなかったの？」

「何も言わなかったのは、人を傷つけるような秘密をもらしたくなかったからなんだ」

「それは前にも聞いたわ。誰を傷つけるの？」

「関係者全員だ」

「わけがわからないわ」アレッサンドラの頬を涙が伝い、リニがそれを親指でそっとぬぐった。

「きみを思う気持ちがとても強かったから、これ以上一緒にはいられないと思った。僕にできたのは、城から逃げ出して二度ときみに会わないようにすることだけだった」

「それがどんなにひどいことかわからなかったの？私があなたに夢中なのは知っていたはずよ」

「聞いてくれ」リニはアレッサンドラの両手をつかんだ。「二度ときみに会わないと決めた以上、黙って消えるのが最善だと思ったんだ」

「それなら、どうして戻ってきたの？」

「その答えはわかっているだろう。地震の話を聞いて、きみの調査チームが巻き込まれたと知ったときは、心臓発作を起こしそうになったよ。何があっても駆けつけずにはいられなかった。きみとあんな別れ方をしたあとでも」

「あの事故は深刻なものではなかったのよ」

「最悪の結果になった可能性もあるだろう。きみは僕の人生でいちばん大切な人なんだ。きみを失うかもしれないと思うと、怖くてたまらなかった。だから会社を飛び出してクロトーネに向かったんだよ。病院できみの顔を見たとき、二度ときみのもとを去ることはできないと気づいたんだ」

「あなたが言おうとしていることがみんなを傷つけるとしても？」

「ああ。それも覚悟しなければならない。たった今、きみに妻になってほしいと言ったんだからね。だが、ちょっと早まった。僕の口から真実をすべて話すまで、きみの返事は聞きたくない」

アレッサンドラは苦しげな声をもらした。「いつまで待たせるつもりなの？　お願いだから何もかも話して」

リニは水をひと口飲み、ボトルの蓋を閉めた。

「船の上で僕と会った日の翌朝、デーアが伯母さんに会いに行ったのは知っているかい？」

「それは初耳ね。デーアはファッションショーがあるからナポリに行くとあなたに言ったんでしょう」

「確かにそう言ったよ。デーアとフルヴィア伯母さんとは特別に仲がいいのかい？」

「ええ。デーアは伯母の家に何度も泊まりに行っているわ。母が出産したあと、二人の子どもの面倒を見るのは大変だから、伯母がデーアを引き受けてくれて、私はたいてい母と一緒にいたの。私も伯母は大好きだけれど、デーアのほうがもっと深い絆《きずな》で結ばれているはずよ。

デーアと私が別個の人間として育てられたことを私はいつも感謝しているの。母も伯母も私たちが双子だということをあえて強調しなかったわ。おそろいの服も着なかったし、学校で同じクラスに入れられることもなかった。母も伯母も私たちがそれぞれの個性を発揮して、それぞれに友人を作ってほしいと思っていたのよ。デーアは伯母を心から慕っていたわ」

「ところが面白いことに、いくつかの点ではデーアよりきみのほうが伯母さんに似ている」

「前にもそう言ったわね」アレッサンドラは息を吸い込んだ。「まだデーアが伯母に会いに行った理由は話していないけど」

「デーアは伯母さんに僕の話をしたかったんだ」

「驚いたわ。伯母がそんな個人的な話をあなたにするなんて」

「僕も意外だった。だが、伯母さんは自分で説明してくれた。あんな話をしたのはきみとデーアの両方を愛しているからだ」

「伯母はなんて言ったの？　私に会うのはやめなさいって？」

「いや、そう言ったわけじゃない。最初は、フランチェスコという名のシェフに恋をして傷ついた才気あふれる女性の話をしていた。その女性が失恋の痛手から立ち直れなくて、いつまでも姉を許せないのではないかと心配していた。ところが、その女性は見事に試練を乗り切った。姉を責めることもなく、元気を取り戻したと」

「なんですって？」

「それから、伯母さんはもう一人の美しい魅力的な女性の話をした。彼女はリニエーリ・モンタナーリという男を好きになった。彼はその女性が夢見ていた王子さまそのものだったが、自分と同じ気持ちではないとわかって彼女は死にたくなったそうだ」

　アレッサンドラは顎を震わせた。「ああ、リニ……」

「伯母さんは僕に頼んだ。さらに一歩進む前によく考えてほしい、と。デーアはいつも羨ましく思っている学者肌の妹ほど強くないし、勇気もないから、心の痛手に打ち勝つことができないのではないかと心配していた」

「デーアが私のことを羨ましく思っている？」

「寝室に行く前、伯母さんはこう言い残したんだ。〝あなたのアレッサンドラに対する愛情は、姉妹の間に生涯続く愛情よりも強いものですか？　どんな決断を下すにしろ、あなたはその結果を受け入れなければならないんですよ〟と」

　真実を知ってアレッサンドラがどんな態度をとるのかリニにはわからなかった。だが、彼女が背を向け、枕に顔をうずめてすすり泣くとは思ってもいなかった。

「アレッサンドラ……」リニは彼女の隣に横たわって肩を抱いた。アレッサンドラは激しく体を震わせている。彼にできるのは涙がとまるまで頬や髪にキスすることだけだった。「どうしたのか言ってくれ」

しばらくしてようやくアレッサンドラは涙にぬれた顔をリニのほうに向けた。「伯母があなたに警告したことを聞いて、わけもなくぞっとしたの」

「どうして？」

「あなたが先にデーアと出会ったと知ったとき、私はあなたを忘れようと決めたの。姉妹の関係は永遠に変わらないから、それを壊すようなことはしたくなかった。だから、父からあなたの案内役を頼まれたときには驚いたわ。あなたと一緒にいたかったけれど、大きな危険を冒すことになるとわかっていたから。今の話を聞いて私の不安が的中したことがわかったわ」

リニは懐中電灯を消して仰向けになった。「伯母さんはあのやり取りをきみに話してほしくなかっただろう。だが、地震のあと僕の世界は一変したから、話さずにいられなかったんだ」

「話してくれてよかったわ。伯母はデーアと私の両方を愛しているからあなたにそんな話をしたと私もわかっているから」アレッサンドラは深いため息をついた。「あなただって私に真実を話すには勇気が必要だったでしょうし、デーアを傷つけないようにするために秘密を守っていたのは立派だと思うわ」

「今、僕が心配しているのは、これからきみがどうしたいかということなんだ」

「わからないわ。朝になったらきっと答えが出るでしょう。今までで最高の一日を過ごさせてくれてありがとう。おやすみなさい」

そのあと、寝袋がこすれる音がした。アレッサンドラは身も心もリニに背を向けた。彼女に触れもしないでこんなに近くに寝ているのは耐えられない。リニは立ち上がり、外へ出た。夜空に月が輝いているので、懐中電灯や火がなくてもまわりの樹木や神秘的にきらめく湖が見える。

〝アレッサンドラはあなたと結婚しませんよ、モンタナーリ。私にはわかります〟

リニはかっと全身が熱くなるのを感じた。ひんやりとした夜風が肌に心地いい。結局、アレッサンドラから目を離さないようにするために、テントの近くにある松の木の下に腰を下ろした。何度かうとうとしたが、六時には完全に目を覚ました。

コーヒーをいれて飲み、残りは超軽量のキャンプ用こんろで保温すると、川のほうへ歩いていった。五、六回毛鉤を投げ込んだが、相変わらず何もかからない。これはこの先自分の身に起こることの暗示なのかもしれない。

八時近くになって、アレッサンドラがぎこちない笑みを浮かべながらテントから出てきた。白いプルオーバーにジーンズ姿で、無言のまま一つずつ寝袋を出して丸め、収納袋に入れた。彼女が何も言わなくても、リニは二人の休暇が終わったことを知った。

アレッサンドラがリニに目を向ける。「おはよう、リニ。コーヒーの香りで目が覚めたわ。森の中で嗅ぐと、いつもよりもっといい香りだと思わない？」

リニは無言のままコーヒーをついでカップを渡した。

「ありがとう」アレッサンドラはリニの釣り竿を見た。「糸が空中を飛んでいる音が聞こえたわ。どうやら今朝も運がなかったようね。そうじゃなかったら、朝食を作っているでしょう」

リニはこれ以上無駄話を聞くことに耐えられなかった。「さっさと言ったらどうだ？　もうわかりきっている答えを」

今朝はもうアレッサンドラの目に涙はなかった。

「父が前に言っていたの。フルヴィアほど賢い女性はいないって。ゆうべ、あなたと話したあと、確かにそうだと思ったわ。あなたにプロポーズしてもらって本当に光栄だったわ、リニ。あれほどうれしいことはもうないでしょうね。でも、たとえ死ぬまであなたを愛するとしても、二度と会いたくないわ。もういつでも出発できるから、車に戻りましょう」

8

城に戻ってから一週間が過ぎたころ、アレッサンドラはいつまでもどっちつかずの状態を続けるわけにはいかないと気づいた。また海に潜ってもいいとしても、潜りたいとは思わない。伝記のことを考える気にもならない。昼も夜も、ただリニのことが頭に浮かんでくるばかりだった。

アレッサンドラが休暇を切り上げて家に戻ってきたとき、両親は何もきかなかった。ききたがっているのは確かだとしても、根掘り葉掘りきかれないのはありがたかった。そうこうするうちにフルヴィアが気分転換のために城に来て二、三日滞在した。もうすぐ車椅子がなくても動きまわれるようになるくらい回復している。

伯母はいつものように優しく、リニとのやり取りについては何も語らなかった。アレッサンドラは両親や伯母と過ごすうち、デーアがフィレンツェのファッションショーのあと、ローマに戻っていることを知った。

フルヴィアがターラントに戻った日の翌日、アレッサンドラは両親に、車でメタポントの友人の家に行くから夕方まで戻らないと告げた。

城を出る前、アレッサンドラはアルフレードの頭にキスした。「嘘《うそ》はつきたくないけれど、本当の行き先を言わずに出かけるのは今回だけよ」

空港でアレッサンドラはローマ行きの飛行機に乗り込んだ。正午にローマに着くと、タクシーに乗り、街の中心部に行くよう運転手に告げた。一年前からデーアが住んでいる高級アパートメントはパンテオンとナヴァーロ広場の近くにあり、通りには高級店が並んでいる。

近づいてくるアレッサンドラを見て、アパートメントの受付係は〝シニョリーナ・ロティ〟と呼びかけた。

「デーア・ロティは姉です。ちょっと部屋に電話してもらえませんか？　私は双子の妹なんですけど、メタポントから飛行機に乗って会いに来たんです」

中年の男性は改めてアレッサンドラを見た。「失礼しました、シニョリーナ。お二人が驚くほど似ていらっしゃるもので……そういうことでしたら、お入りいただいてもけっこうです」

「どうもありがとう」

三階にあるデーアの部屋はすばらしかった。フルヴィアがわざわざローマに来て室内装飾を手伝ったのだ。アレッサンドラは自分が来たことを姉に知らせるメモを書いて部屋を出ると、受付係にそれを預け、デーアが戻ったら渡してくれるよう頼んだ。

四時間後、アレッサンドラは食事をすませ、書店で本を買ってアパートメントに戻った。出かけている間ずっとデーアに何をどう言うべきか考えていた。

「シニョリーナ？　お姉さまは十分ほど前にお戻りですよ」受付係が教えてくれた。

「ありがとう」

アレッサンドラはエレベーターで三階に上がり、デーアの部屋のドアをノックした。ドアを開けた姉はハーレムパンツをはき、水色の薄い生地で作られた半袖のトップスを着ていた。「あなたがここに来るなんて驚いたわ」

「私もよ」

「入って」

姉と抱き合ったあと、アレッサンドラは居間に入った。「前もって知らせずに来てごめんなさい。今朝、急に思い立ったの」

「いいのよ。あなたはまだポジターノで休暇中だと思っていたけど」

「早めに切り上げたの」

「どうして？」

「そのことで話がしたいの。時間はあるかしら？　何かほかの予定は入っているの？」

「今夜はないわ。ジュースか果物が欲しかったら、冷蔵庫に入っているけど」

「ありがとう。でも、もう食事はすませたわ」

デーアはソファに腰を下ろした。「それなら話して。どうしてわざわざローマまでやってきたの？」

「この前会ったとき、あなたはきいたでしょう。リニとつき合うのはフランチェスコとあんなことがあったからなのかって」

「あなたは違うと答えたわね。どうして今になってまたそんなことを？」

「気まずい話題を避け続けるのがいやになったからよ。あなたもうんざりしているんじゃない？」

デーアは目をそらした。どうやら妹の言いたいことがわかっているようだ。

アレッサンドラの目に涙が込み上げてきた。「こんなことを話すのは初めてだけれど、子どものころから私はあなたを姉として尊敬していたの」

「たった三分の差しかないんだから、姉とは言えないんじゃないかしら」

「でも、あなたが先に生まれたんだから、私にとっては姉だし、みんなそのことを忘れさせてくれなかったわ。あなたは美しくて、誰とでも友だちになれた。何をしてもエレガントで完璧だった。成長するにつれて、あなたのそばにいると、自分はますます不器用で自信のない人間だと感じるばかりだったわ。こんなことを認めるのは恥ずかしいけれど、私はあなたに嫉妬していたのよ」

デーアはぱっと顔を上げ、信じられないというふうに妹を見つめた。「あなたが……私に嫉妬していた？」

「ええ、そうよ。フランチェスコがあなたを追いかけていったとき、私は信じたくなかったけれど、心の奥では驚いてはいなかったわ。あなたを見るときの彼の目つきに気づいていたから。彼はあんなふうに私を見たことがなかったのよ」

「ごめんなさい、アレッサンドラ」デーアは泣き声になった。

「いいえ、謝らないで。あなたはフランチェスコの気を引くようなことは何もしていないんだから、謝らなくていいのよ。あなたはあなたなんだから、こういうことはよくあるでしょう。あのあとしばらくの間、つらい思いをしたけれど、ようやく気づいたの。大人になって、私はあなたのようにはなれないという事実と向き合わなければならないって。つまり、私は私だから自分なりに頑張るしかないということよ」

「でも、あなたはそのままでも完璧だったわ！」

　今度はアレッサンドラがまじまじと姉を見つめる番だった。

「本当よ。今までずっと私のほうが嫉妬していたの。あなたは何もしなくてもきれいだし、頭もいいわ。本も書くし、考古学研究所の人たちとあんなすごい発見をしているでしょう。あなたの冒険好きなところがずっと羨ましくて、怖がりの自分がいやでたまらなかったのよ」

　アレッサンドラは首を振った。「ちっとも知らなかったわ」

「私たち、どうしようもないわね」デーアはつぶやいた。「せっかくの告白タイムだから、どうしてリニエーリと一緒にいないのか話してみない？　彼は私が今まで出会った男性の中でいちばんすてきな人よ」

「私もそう思うわ。でも、出会わなければよかった」

「それは今までついた嘘の中でいちばん大きなものじゃない？」

「デーア――」

「そうでしょう。あなたはリニエーリに夢中なくせに、どうして私とここにいるの？」

「理由はわかっているでしょう」

「私が先に熱を上げたから？　確かにそうだけど、私が誘惑しようとしても、彼は全然なびかなかったのよ。もう一度会いたいと思ってもらえないのが悔しくて仕方がなかったわ。だから伯母さまに言いつけたの。

　伯母さまは笑ってこう言ったわ。〝デーア、あなたは出会った男性全員の愛を勝ち取りたいの？　そんなに欲張ってどうするつもり？〟って」

　デーアにつられてアレッサンドラも笑った。

「伯母さまは私にも理解できるシンプルなアドバイ

スをくださったわ。〝あなたにふさわしい本物の王子さまが現れたら、あなたの恋はきっとうまくいくわ。それまでは涙を拭いて、あなたにしかできない大事な仕事をしなさい〟って」

「伯母さまはすばらしい人ね」

「本当にそうね。あなたもよ。リニ・モンタナーリは完全にあなたの虜《とりこ》だわ。そうでなければ一週間も自宅に招待したりしないもの。有名な独身男性があなたにひざまずいたのよ。すぐに飛びつかなかったら、あなたは大ばか者だわ」

「本気で言っているの？」

「もう、こっちに来て」デーアは両手を差し伸べ、アレッサンドラを抱き締めた。「ほかにも言わなければならないことがあるの」

「どんなこと？」

「ちょっとリニの気を引くようなことをしたのよ。彼は乗ってこなかったけれど」

「何をしたの？」

「船の上で別れるとき、挨拶代わりに唇に思いきりキスしたのよ」

「そんな！」

「心配しないで。あの人はキスを返さなかったし、食事の誘いも断ったわ。けっこうまじめな人なのね。あなたは運がいいわ。私は喜んでリニを家族に迎え入れるつもりよ」

「ああ、大好きよ、デーア」

「私も大好きよ、アレッサンドラ」

「二度と私たちの仲を引き裂く出来事が起きないようにしましょうね」

「ええ」

「私たちは永遠に姉妹ですもの」

「それなら、これから買い物に行って、リニにとどめの一撃を加えるような服を見つけましょう」

〈モンタナーリ・コーポレーション〉のオフィスビルは、ナポリのビジネス街の一ブロック全体を占めている。午後四時、アレッサンドラがジミー・チュウのハイヒールをはいてリムジンから降りると、近くにいた男性たちが口笛を吹き、驚きの目を見張った。アレッサンドラが着ているのはデーアが選んでくれた有名デザイナーのドレスだ。かなり高価なものだったが、アレッサンドラは気にしなかった。それを着ると、別人になったような気がするからだ。

　オフホワイトの長袖のドレスの片側には、襟元から裾までボタンが並んでいる。肩からゆったりと垂らしたアイボリーとベージュのプリント地のストールは同色の靴とぴったり合っている。

　茶色の髪に入れたゴールドのハイライトがきらめき、唇には今までとは違う濃いピンクの口紅を塗り、高い頬骨に軽く頬紅をさし、目元にアイシャドーも入れた。こんなふうに着飾るのは初めての経験だ。

　リニのオフィスビルはまるで小さな街のようで、ずらりと並ぶエレベーターに近づく前にセキュリティー検査を受けなければならなかった。アレッサンドラはエレベーターに乗り、三十六階で降りると、受付にいる秘書に近づいた。

「シニョール・モンタナーリにお目にかかりたいのですが」

　三十歳くらいの女性が顔を上げたかと思うと、目をぱちくりさせた。「あなたはデーアですね！」

　アレッサンドラはほほ笑んだ。「いいえ。でも、近いわ。私は妹です」

「あら」秘書は大きく目を見開いた。「どのモンタナーリにお会いになりたいんですか？」

「リニエーリです」

「あいにく最高経営責任者《CEO》は今、役員会に出ておりますので、お取り次ぎすることができません。よろしければ、面会の時間を決めさせていただきますが……」

「けっこうです。彼が出てくるまで待たせていただきます」

アレッサンドラはアイボリーのクラッチバッグを持ったまま、二人がけのソファに腰を下ろした。それから二十分後、リニによく似た黒い髪の魅力的な男性が受付に近づき、秘書に何か渡した。リニの弟かしら？　いとこかしら？

秘書が何か言ったらしく、その男性がアレッサンドラのほうを向き、二人の目が合うと、近づいてきた。「リニエーリに会いに来たそうですね？」

「ええ。でも、リニは私が来ることを知りません。ちょっと驚かせたいと思ったものですから」

リニによく似た男性はほれぼれとアレッサンドラを見た。「確かにリニエーリは驚くだろうな。僕はこれから役員会に戻りますから、ここで待っている人がいると彼に伝えますよ。ただし、あなただということは言わずに」

アレッサンドラの胸がときめいた。「ありがとうございます」

「どういたしまして」

楕円形《だえんけい》の会議テーブルのまわりに十二人の男性が座っている。伯父のサルヴァトーレが少し離れた席からリニをにらみつけた。「ちょっと性急すぎるんじゃないのか。ギリシアがどうなったか、よく考えるんだ！」

「今、わが社が発見しなかったら、他社が見つけますよ」リニは行き詰まり状態にうんざりしていた。今日もまたどこまで行っても結論が出ない。

「息子の言うとおりだ」リニの父親が言った。「このように不確かな経済状況だからこそ、できるうちにこの機会を利用したほうがいいだろう」

みんなが意見を出しているとき、カルロが会議室に戻ってきた。リニを見て眉をつり上げたのは話があるという合図だ。しかし、弟と話をするのはこの問題を解決したあとにしなければならない。

「採決しましょう」リニのいとこのピエーロが言った。

「まだその段階ではないぞ」リニの大叔父ニッコロが反論する。

さらに十五分間、議論が続いたあと、リニの携帯電話にメールが届いた。

〈念のために知らせておくよ。オクタヴィアの話では、今夜、退社前にもう一件人と会う約束が入っているそうだ。その人物は受付で待っている〉

いつから？　今日はもう時間がないし、この部屋を出たら仕事をする気もない。そう思いながらも、リニはテーブルの反対側にいるカルロのほうを見てうなずいた。五分後、相変わらず意見の一致が見られないので、リニは役員会を終わらせることにした。

「もう時間も遅い。月曜日にもう一度集まって、そのときに採決しよう」

サルヴァトーレは満足そうだ。彼は保守的な人間なので、リニの考えは受け入れられないのだ。

リニは会議室の横についているドアを開けて私室に入ったあと、オクタヴィアに電話をした。「僕を待っている人を中へ通してくれ。ただし、面会は一分だけだ。ヘリが待っているんだ」

「かしこまりました」

リニがデスクに積み重ねられた書類にサインしていると、ドアをノックする音がした。「どうぞ」

「シニョール・モンタナーリ、突然押しかけてきて申し訳ありません。でも、これは生死にかかわる問題なので」

その声には聞き覚えがある。リニはぱっと顔を上げた。これは夢に違いない。

「どうして黙っているの？」

目の前にいる女性を見てリニは息をのんだ。これは絶対に夢だ。

「この前、あなたは大事なことを私にきいたでしょう。あのときは答えられなかったけれど、今は答える覚悟ができているの。でも、あれからだいぶ時間がたったから、あなたはもう聞きたいと思っていないかもしれないわね」

リニはまともに息をすることもできなかった。

「どんなことをきいたのか教えてくれ」

「結婚してくれないかときいたのよ」彼女の声の震えがリニの心に伝わった。

「そうだったな。だが、きみは解決できない問題を抱えていて、答えることができなかった」

琥珀《こはく》色の目には涙があふれている。「あのあと、その問題を解決したの」

「どうやってそんなことができたんだ？」

「二日前、ローマに行ってデーアと話をしたの。もっと前にきちんと話し合うべきだったのよ。心の内をさらけ出して話すうちに二人とも泣いてしまったわ。そして、過去に傷つけたことや誤解していたことをすべて許し合ったの。そして、最後にデーアは私が聞きたかったことを言ってくれたのよ。

リニ・モンタナーリの気を引こうとして、別れるとき、挨拶代わりに唇に思いきりキスしたけれど、彼はキスを返してくれなかったって」

「デーアはそのことを認めたのか？」

「ええ。ほかにもあるわ。あなたを食事に誘ったけれど、断られたと言っていたわ」

「自分の耳が信じられないよ」

「私は信じるわ。だって、あなたは誠実な人だもの。デーアには特別な感情を持っていないから誘いを断っただけでなく、私たちを傷つけないためにそのことを秘密にしていたんでしょう。デーアは私が世界一幸運な女だと思っているわ。そして、喜んであなたを家族として迎え入れると言ってくれたの。よかったわ。だって私はあなたの妻になるつもりなんですもの。あなたなしでは生きていけないから」

アレッサンドラはリニの胸に飛び込み、顔じゅうにキスの雨を降らせて彼を押し倒しそうになった。

「愛してるわ、リニ」

「入るよ、兄さん？」

リニはすばやくドアのほうに目を向けた。部屋に入ってきたカルロは抱き合っている二人を見てぴたりと足をとめ、にっこり笑った。

「なるほど、兄さんはこの前のハイキングでこんな大物を釣り上げたんだな！　これは絶対に見逃せない場面だ。これでナポリにいる理想の独身男性はグイドだけになったね。それじゃ、誰も邪魔をしないよう、みんなに言っておくよ」

カルロはドアを閉めた。そのときにはもうリニは椅子に座ってアレッサンドラを膝にのせていた。長々と熱いキスを続けた結果、ようやくこれは現実の出来事だと信じ始めた。

「いつ結婚しようか？」

「あなたがしたいときに。場所は城の中にあるチャペルがいいんじゃないかしら。私とデーアが遊んでいたミニチュアの城にもチャペルがあったのよ。私たちはいつも人形を使って念入りに結婚式の計画を立てたの。ジョヴァンナ女王があそこで結婚式を挙げたことは知っていた？」

リニはアレッサンドラをぎゅっと抱き締めた。

「あそこがいちばんきみにふさわしい場所だね」

「あなたにもふさわしい場所よ。だってあなたは私の王子さまなんですもの。家族や友だちをみんな招待しましょう。披露宴にはコックがあなたの好きなおいしい魚料理のメニューを考えてくれるわ。ウエディングドレスは――」アレッサンドラの話がとまらないので、リニはくすくす笑いだした。

「僕もしたいことが一つある。ハネムーンの計画を立てることだ」リニはアレッサンドラの首筋に唇を寄せてささやいた。

「そう言ってくれるのを待っていたのよ。今すぐここを出て二人きりになれるところへ行かない？　好きなだけあなたにキスできるように」

「世界一すてきな女性にほれ込んでいる男に、なんてばかげたことをきくんだ？」

「いつもそんなふうに思ってほしいわ」

二人はようやくキスをやめてビルの屋上へ行き、リニがパイロットにポジターノへ行くよう告げた。

「僕たちは結婚するんだ、ルッカ」

パイロットはにやりとした。「今夜ですか？」

「そうだといいんだけどね。近いうちにするよ」

ベズビオ山を背景にヘリコプターは空高く飛び立った。胸がいっぱいになり、しばらく言葉が出なかったリニはおもむろに上着の胸ポケットから指輪を取り出した。それを買ったのは一カ月前で、お守り代わりにずっと持ち歩いていたのだった。

「左手を出してごらん、いとしい人《アドラータ》」

アレッサンドラが言われたとおりにすると、薬指に指輪がはめられた。「なんてすてきなの！　このダイヤと台座は……城の玄関ホールにかけられているタペストリーの中でジョヴァンナ女王がつけている指輪にそっくりだわ」

「あそこで僕は恋に落ちた。二人が出会ったのはジョヴァンナ女王のおかげだよ。きみが気づいてくれてよかった」

「気づかないはずがないでしょう。私もあなたの指輪のデザインを考えているから、でき上がるのを楽しみにしていてね」

リニにとってこれほどの幸福感を味わうのは初めてだった。返す言葉が見つからず、彼はアレッサンドラの手をしっかりと握り締めた。

9

　アレッサンドラは父親とともにドアの前に立っていた。チャペルの中からオルガンの音が聞こえてくる。一カ月間、この日が来るのを待ち焦がれ、早くリニの妻になりたいという気持ちが募っていたので、早くも期待感から熱に浮かされたようになっている。

「お父さま、何を待っているの？」チャペルの中には参列者が全員そろっている。もちろんアレッサンドラの夫になる男性も。今ごろ、早く結婚したくてじりじりしているはずだ。

　堂々たる風貌の父親は結婚式の装いを凝らし、カラッチョロ伯爵の名にふさわしい青い肩帯をかけている。彼は目を輝かせながら娘のほうを向いた。

「伯母さんが魔法を使ったんだ」

「どういう意味？」

「おまえはターラント・カラッチョロ家の娘だから、ターラント大司教が式を執り行ってくださるんだ。だから大司教が祭壇の脇のドアから入場されるのを待っているんだよ」

　アレッサンドラの口から小さなあえぎ声がもれた。

「リニはきっと信じないわ」

「私のかわいいおちびさん《ピッコラ》と結婚するのだから、あの男もしょっちゅう驚かされることに慣れなくてはいかんだろう」

「お父さまはこの状況を楽しんでいるのね？」

　オノラートは娘の額にキスした。「おまえと同じくらいにね。何しろ子どものころにミニチュアの城で何度も結婚式を挙げているんだから、今日のおまえは世界一すばらしい花嫁になるだろう。そんなふうに白いふわふわした生地とレースに身を包んだ姿はまるで天使のようだ」

「これはデーアが選んでくれたのよ。華やかですてきでしょう」

「おまえもだよ。ティアラはお母さんから借りたんだね」

「古いものと借りものを身につけるのが習わしだから。ねえ、お父さまはリニが好き？　本当に彼のことが気に入っているの？」

「おまえを人生の伴侶に選んだんだ。まれに見るすばらしい男じゃないかな」

　そこへデーアが現れた。淡いラベンダー色のドレスを着てブーケを二つ持った姿は目を見張るほど美しい。デーアは白い薔薇《ばら》のブーケをアレッサンドラに渡した。「あなたのウエディングドレスを選んだとき、私も負けないようなドレスを探したのよ」

「すてきよ」

「ハネムーンはどこへ行くかまだわからないの？」

「リニが教えてくれないのよ」

「幸せね」デーアは妹にキスした。「そろそろ時間よ」

　突然ドアが開き、デーアはアレッサンドラと父親の後ろにまわった。三人はステンドグラスの窓が並ぶ、豪華な装飾が施されたチャペルに入っていった。そこにはアレッサンドラの愛する人々が顔をそろえている。ただ、彼女の目には淡いグレーの結婚衣装を着て祭壇のそばにたたずんでいる黒い髪の長身の男性しか見えなかった。

　アレッサンドラが横に並ぶや、リニは彼女と目を合わせた。大司教が参列者に挨拶している間も、リニは彼女から目を離さない。

「本日、神の定めによってみなさまが一堂に会し、天国の光がこの二人に降り注いでいます」大司教は話し始めた。

　リニはアレッサンドラの手を取り、親指で手のひらや手首を撫《な》でた。彼女はこの場の神聖な雰囲気に浸りきろうとしたが、リニの指が動くたびに炎が燃え上がり、全身を駆けめぐった。誓約のときが来ると、アレッサンドラは今にも倒れそうな状態だったが、なんとか誓いの言葉を交わすことができた。

「ここに、リニエーリ・ディ・ブラッツァーノ・モンタナーリとアレッサンドラ・ターラント・カラッチョロが夫婦であることを宣言いたします。何人も神が結ばれたものを分けることはできません」

アレッサンドラとリニは控えめにキスしたあと、無理やり唇を離した。けれど、彼女の体の中では夫に対する愛がほとばしり出ている。

「あと少しの辛抱だよ」リニはアレッサンドラにささやきかけた。彼女の手を握り締めながら通路を歩いてドアの外に出ると、かつて国王や女王の廷臣が出入りした大広間に向かった。両家の親族や招待客を出迎える間、リニはアレッサンドラのウエストに腕をまわし、ぴったりと自分の体に引き寄せていた。

オノラート・カラッチョロはリニに何か渡してから、上座のテーブルについた。

グイドは両親とともに席についたあと、司会役を務めた。「この結婚には一ついい点があります。アレッサンドラのおかげでリニは結婚市場から姿を消しました。今はこの僕がナポリでいちばん有名な独身男です」最後にはリニに関する面白いエピソードを披露して出席者を笑わせた。

次はデーアがスピーチをする番だ。「アレッサンドラと私は生まれる前からいつも一緒でした。ついに一人になったかと思うと不思議な気がしますが、これほどうれしいことはありません」

両家の人々は順番に祝辞を述べた。ヴァレンティーナは母親の死後リニが支えになってくれたことを話し、みんなの涙を誘った。カルロもリニにかかわる感動的な思い出を披露した。

スピーチはさらに続いたが、明らかにリニは落ち着かない様子だ。そこでアレッサンドラはドレスの長い裾の始末に苦労しながら椅子から立ち上がった。

「ここでこの結婚式を忘れられないものにしてくださったみなさまに感謝の言葉を述べたいと思います。フルヴィア伯母さま、伯母さまがいなかったら、私たちはどうしたらいいかわかりません。わが家で働いてくれているスタッフ、優しいリオナ、猫のアルフレード、大切な家族がいなかったら、本当にどうしたらいいか……」

リニも立ち上がった。「うまく言えないのですが、どうかわかってください。僕たちはそろそろ出発しなくてはならないんです」

「ああ、そうだろうとも」グイドはみんなに聞こえるような声でからかった。それを聞いてデーアは噴き出し、アレッサンドラはリニの肩の陰に顔を隠して小走りに会場から出ていった。二人は玄関ホールを出てランド・ローバーのほうへ走った。リニはアレッサンドラをドレスごと車に押し込み、運転席に乗り込んで車を発進させ、ヘリポートに向かった。

リニが花嫁をヘリコプターに乗せ、副操縦士席に座ると、パイロットは満面の笑みで迎えた。「おめでとうございます、シニョーラ・モンタナーリ」

「ありがとう、ルッカ。夫がまだ行き先を教えてくれないんだけれど」

「すぐに着くよ、美しい人《ベリッシマ》」

「本当にすてきな結婚式だったわね」

「ああ。だけど、永遠に終わらないんじゃないかと思った」

ヘリコプターは東へ飛んでアドリア海に向かい、海上を進む豪華船を目指して降下し始めた。アレッサンドラは問いかけるようにリニの目を見る。

「グイドの両親がハネムーンにはぜひロッサーノ家の船を使ってほしいと言ってくれたんだ。僕たちはどこでも好きなところに寄ることができるし、クロアチアの海でダイビングもできる。きみが探検したいと思うような洞窟もあるよ」

「とってもすてきな話だけれど、あなたと一緒なら、どこへ行こうと幸せよ」

ルッカは高度な技術を見せて船上のヘリポートに着陸した。リニはヘリコプターから飛び降りるや、アレッサンドラを抱いてデッキを横切り、階段を下りて主寝室に向かった。部屋にはありとあらゆるものが用意されている。スイートルームの居間には花があふれ、芳しい香りが漂っている。

「ついにこのときが来たね」リニの熱いまなざしに気づいたとたん、アレッサンドラの体は震えだした。リニは彼女の体に腕をまわし、ウエディングドレスの背中のボタンをはずしながらキスを続けた。

二人は結婚衣装を引きずりながら吸い寄せられるように寝室に向かった。ベッドカバーはすでに折り返してある。リニはアレッサンドラを寝かせてからその上に体を重ね、彼女の喉元に顔をうずめた。

「アレッサンドラ、きみが僕の妻になったなんて信じられないよ。長い間、寂しい人生を歩んでいたのはきみと出会うためだったんだ」

「私のほうこそ、あなたをどれほど愛しているか。抱いて、ダーリン、絶対にやめないで」アレッサンドラが熱っぽい口調で言うと、そこで会話は終わり、二人は貪るように唇を重ねた。

その夜、二人は言葉では伝えきれない思いを体で伝え合った。アレッサンドラは別世界に誘《いざな》われ、まるで別人になったような気がした。朝が来たときには、夜が終わることに耐えられなかった。リニはついに眠りに落ちたが、彼女は再びキスで彼を起こした。

「あなたが結婚した相手は奔放な女だったみたいね。ごめんなさい」

リニは驚くような動きで体勢を入れ替え、アレッサンドラを見下ろした。「それでいい。きみはそのままで完璧なんだ」そう言ってまた長々と熱いキスをする。

「でも、あれで……よかったの？」

「なんということをきくんだ？　自分が何をしたのかわからないのかい？　僕はもう仕事に戻る気になれなくなりそうだよ」

「私もあなたを放せるかどうかわからないわ」

「それなら僕たちの問題は解決だ。ようこそ、僕の世界へ」

アレッサンドラはまたしても魅惑的な唇に熱烈なキスをした。「これは夢じゃないのね？　本当にあなたは私の夫なのね」

「本当だよ。信じてくれ。それでもまだ疑っているといけないから、これが現実だということを証明させてくれ」

リニは何度も証明した。食事をする時間以外、アレッサンドラは夫の愛に溺れ続けた。三日間、二人はほとんどベッドから出なかった。

四日目、ついに二人はデッキへ上がることにした。部屋を出る前、アレッサンドラはローブ姿で走りまわり、部屋じゅうに散らばっていた結婚衣装を拾い上げた。ヘリコプターで船に着いたあと、二人が一刻も早くベッドに行きたがっていたのを乗務員に知られたら恥ずかしいからだ。

「ダーリン？　あなたの上着のポケットにこんなものが入っていたけれど」リニがタオルを腰に巻きつけて浴室から出てくると、アレッサンドラは封筒を差し出した。

「披露宴の前にお父さんが渡してくれたんだ」

「何かしら？」

リニは封筒を開けて便箋を取り出した。

「何が書いてあるの？」

「〈妻と私からきみに結婚祝いを贈ろう。ただし、これは私たちの身勝手な願いでもある。もし今でも私たちの土地で石油掘削をするつもりがあるなら、喜んで許可しよう。そうすれば、きみが城に来て作業を監督するときにはいつでも会えるだろう〉」

手紙を読んだリニは驚きの表情を浮かべている。

アレッサンドラは彼の首に腕を絡ませた。「これで両親があなたを気に入って、信用していることがわかったでしょう」

「こんなことは思ってもみなかったよ」

「だから両親はあなたを驚かせようと思ってこうしたのよ。でも、たぶん伯母が母に何か言って、あなたの計画がこの国を救うことをわからせたんじゃないかしら」

「きみもそう思っているのか？　きみの意見はとても大事なんだ」

「もちろんそう思っているわ。そうじゃなかったら、あなたを伯母に会いに行かせなかったわ」

「きみの配慮には感謝するよ。結局、伯母さんはきみとデーアとの間にあったわだかまりも解いてくれたんだね」

アレッサンドラはうなずいた。「一つ問題は片づいたけれど、まだ問題はあるわ」

リニは荒々しい情熱を込めて唇を奪った。「もう問題はないだろう」

「あなたはもうすぐ三十三歳で、いつまでも若くはないでしょう。私も同じよ。もし養子を取るなら、すぐに行動を起こしたほうがいいと思うの。こういうことは時間がかかるものだから」

リニは眉をひそめた。「もう子どもが欲しくなったのか？　それとも僕に飽きたのか？」

「リニ、私は二人の将来のことを考えているだけなの。この前、リックやヴィートと遊んでいるあなたを見たとき、あなたが私たちの子どもと遊んでいる姿が目に浮かんだの。今すぐ始めようと言っているわけではないのよ。たぶんいつか、あなたが知り合いの弁護士に相談したいと思う日が来るでしょうから、そうしたら手続きを始めましょう。でも、あなたがいやな気持ちになるなら、二度とこの話はしないと約束するわ」

リニはため息をついてアレッサンドラを抱き締めた。「むきになってすまなかった。でも、僕はいい父親になれるかな？」

「そういう問題にうまく対処できるかどうかは誰にもわからないわ。カルロにきいてごらんなさい。娘さんが生まれる前は不安で仕方なかったと答えるんじゃないかしら」

「でも、カルロは生まれてくるのが自分の子どもだとわかっていた」

「でも、生まれるまで赤ちゃんに会っていないでしょう。新生児を引き取るとしたら、私たちも生まれるまで赤ちゃんには会えないわ。だったら同じことじゃない？」

リニはにっこりした。「きみの言うとおりだ」

「さあ、デッキに行って日光浴しましょう」

「もっといい考えがあるんだ。ヘリでモンテネグロへ行って食事をしないか？　きみが会社に現れたときに着ていたすてきなドレスを着て」

「あれ、気に入ってくれたの？　それじゃ、すぐに支度するわ」

「何を着ていようときみが好きだということに変わりはないが、本音を言うと、着ていないときのほうが……」

「私もそっちのあなたのほうがいいわ」アレッサンドラはくすくす笑いながら浴室に飛び込んだが、ドアに鍵をかける前にリニにつかまった。

エピローグ

八カ月後。

　リニが掘削現場にいるとき、携帯電話のベルが鳴った。ローマにいる編集者を訪ねたアレッサンドラが城に戻ったという連絡だといいんだが。間もなくジョヴァンナ女王の伝記が出版されるので、出版社は著者のサイン会を計画しているのだ。

　しかし、発信者名を確認すると、かけてきたのは弁護士のマゾ・ヴァンニだった。彼はリニとアレッサンドラのために養子縁組申請の手続きを進め、二人の希望に合ったナポリ在住の未婚の母が一カ月後に出産する子を引き取ることになっている。リニはすべて順調に進んでいてほしいと思った。何よりもいやなのは妻に悪い知らせを伝えることだ。

　リニは電話に出た。「マゾか？　どうした？」

「ラウレッタ・コンティの陣痛が始まりました」

「なんだって？」

「医師は出産を遅らせようとしていますが、できるだけ早く奥さまと病院に駆けつけたほうがいいのではないかと思いまして」

「すぐに行く」リニは電話を切ってすぐにアレッサンドラに電話したが、留守番電話になっていたので、ラウレッタ・コンティの出産が早まりそうだからナポリの病院に向かう、とメッセージを残した。

　掘削チームに指示を与えたあと、リニは車でメタポントへ行き、ヘリコプターでナポリの病院へ向かった。途中、何度もアレッサンドラに連絡をとろうとしたが、相変わらずつながらない。

「頼むからできるだけ早く連絡をくれ」

病院に着くと、リニはラウレッタのいる個室に案内された。医師は出産をとめることはできないと言った。「この患者さんには帝王切開が必要です。もうすぐあなたはお父さんになりますよ」

リニは今まで経験したことのない無力感に襲われた。

「看護師が手を洗う場所にご案内します」

妙に現実離れした状況の中、リニは手を洗って手術室用のガウンを着た。それから渡されたマスクと手袋をして手術室に入り、ベッドの頭のほうにたたずんだ。リニとアレッサンドラは出産準備のために何度もラウレッタに会っている。

麻酔医が脊椎麻酔を施している間に手術チームが入ってきて、医師が執刀を始めた。誰もがとても落ち着いている。ごぼごぼという何かが流れる音が聞こえたとき、リニの体に戦慄が走った。次の瞬間、室内に元気な産声が響き渡った。

そこに小児科医が現れて、隣の部屋へついてくるようリニに告げた。「あなたがこの赤ちゃんのお父さんになるかたですね」

「そうです」

「奥さまは？」

「今、こちらに向かっています」リニは答えた。留守番電話のメッセージを聞いたら、アレッサンドラはそうするだろう。

「早産の割には元気なお子さんですよ。体重は二千七百二十四グラム、身長は五十三センチです。自発呼吸もしているようですね。体をきれいにしたら、抱いてもかまいませんよ」

赤ん坊の頭にはほんの少し黒い髪が生えている。医師が赤ん坊の体を調べている間、リニは呆然《ぼうぜん》とその様子を見守っていた。看護師が入ってきて、赤ん坊におむつをつけ、小さなシャツを着せてからタオルでくるんだ。

「おかけください、シニョール。そうすれば、息子さんを抱っこできますよ」

　何もかもが現実とは思えなかったが、看護師から赤ん坊を渡され、ようやくリニは幼子の顔を見ることができた。かわいらしい赤ん坊を見たとたん、優しい気持ちが込み上げてきた。赤ん坊は泣きやんでいる。目を閉じているのでまだ目の色はわからず、小さな口をかすかに開いている。

「かわいいお子さんですね」看護師が言った。「怖がることはありませんよ。壊れたりしませんから。すぐにミルクを用意しますね」

　看護師のアドバイスに従い、リニは赤ん坊を肩に寄りかからせるように抱き、背中をそっとたたいた。小さな体のぬくもりは驚くべきものだ。これから先ずっとこの赤ん坊が自分を父親として頼りにするのかと思うと、心を動かされずにいられない。リニはマスクをずらして小さな頭にキスした。胸にさまざまな思いがわき上がってくる。この子を守りたい。この子の心を満たすあらゆるものを与えたい。

「はい、どうぞ」看護師がリニに哺乳瓶を渡した。「すぐに赤ちゃんはおなかをすかしますよ。乳首の先を口に当てると、赤ちゃんは吸い始めますから」

　看護師に言われたとおりにすると、まるで魔法にかかったかのように赤ん坊はおいしそうにごくごくとミルクを飲み始めた。「おまえはこれが好きなんだね？　僕も食いしん坊なんだ。子どものころからそうだったんだよ」

「〝この親にしてこの子あり〟というところね」背後から妻の声がした。

　リニは振り返った。「アレッサンドラ……いつからそこにいたんだ？」

「あなたがその子と絆《きずな》を結ぶ間、ずっと見守らせてもらったわ。こうなるのはわかっていたけれど」

　リニの目に涙が浮かんだ。「確かにそうだね。ここに着いたときは不安でたまらなかったが、看護師さんからこの子を渡されたとき……」

アレッサンドラはほほ笑み、いとおしげにリニと赤ん坊を見下ろした。「父性に目覚めたのね」

「きみも抱いてごらん」

「もう少しあとでいいわ。今は二人を見ているだけで充分よ。お医者さまはなんとおっしゃったの？」

「早く生まれた割には元気だし、呼吸もちゃんとしているって」

「よかったわね」アレッサンドラの目も潤んでいる。「私たちが親になったなんて信じられる？　つらい陣痛も経験しないで母親になれるなんて」

「きみは世界一すてきな母親だよ」

「それなら、あなたはもう生まれながらの父親だわ。あなたに抱かれてこの子はすっかり満足しているようね。もうミルクをほとんど飲んでしまったわ」

アレッサンドラはリニの肩に腕をまわし、彼の頬に頬を寄せながら赤ん坊を見守った。

「二人で少しずつ育児を覚えていきましょうね。養子縁組に賛成してくれてありがとう。決断するのは容易なことではなかったでしょう」

「こんな日が来るとは夢にも思っていなかったよ」

「そうね。あなたほど先見の明がある人にも、これは思いがけないことでしょうね」

リニは咳払《せきばら》いをした。「僕がどれほどきみを愛しているかわかるかい？　自分の子どもを産めないと知りながら、僕と結婚してくれて本当にありがとう」

「でも、あなたはちゃんと私に子どもを授けてくれたわ。その子はあなたの腕の中にいる。あなたも赤ちゃんも私の腕の中にいるわ。これ以上何を望めるかしら？」

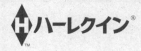

ハーレクイン・イマージュ　2017 年 1 月刊（I-2450）

イタリア大富豪と日陰の妹
2024 年 4 月 5 日発行

著　　者	レベッカ・ウインターズ
訳　　者	大谷真理子（おおたに　まりこ）
発 行 人	鈴木幸辰
発 行 所	株式会社ハーパーコリンズ・ジャパン 東京都千代田区大手町 1-5-1 電話 04-2951-2000（注文） 0570-008091（読者ｻｰﾋﾞｽ係）
印刷・製本	大日本印刷株式会社 東京都新宿区市谷加賀町 1-1-1
表紙写真	© Prostockstudio｜Dreamstime.com

ISBN978-4-596-53773-7 C0297

ハーレクイン・シリーズ 4月5日刊 発売中

ハーレクイン・ロマンス

愛の激しさを知る

星影の大富豪との夢一夜	キム・ローレンス／岬　一花 訳	R-3861
家なきウエイトレスの純情 《純潔のシンデレラ》	ハイディ・ライス／雪美月志音 訳	R-3862
プリンスの甘い罠 《伝説の名作選》	ルーシー・モンロー／青海まこ 訳	R-3863
禁じられた恋人 《伝説の名作選》	ミランダ・リー／山田理香 訳	R-3864

ハーレクイン・イマージュ

ピュアな思いに満たされる

億万長者の知らぬ間の幼子	ピッパ・ロスコー／中野　恵 訳	I-2797
イタリア大富豪と日陰の妹 《至福の名作選》	レベッカ・ウインターズ／大谷真理子 訳	I-2798

ハーレクイン・マスターピース

世界に愛された作家たち
～永久不滅の銘作コレクション～

思いがけない婚約 《特選ペニー・ジョーダン》	ペニー・ジョーダン／春野ひろこ 訳	MP-91

ハーレクイン・ヒストリカル・スペシャル

華やかなりし時代へ誘う

伯爵と灰かぶり花嫁の恋	エレノア・ウェブスター／藤倉詩音 訳	PHS-324
薔薇のレディと醜聞	キャロル・モーティマー／古沢絵里 訳	PHS-325

ハーレクイン・プレゼンツ作家シリーズ別冊

魅惑のテーマが光る
極上セレクション

愛は命がけ	リンダ・ハワード／霜月　桂 訳	PB-382

※予告なく発売日・刊行タイトルが変更になる場合がございます。ご了承ください。

4月2日発売 ハーレクイン・シリーズ 4月20日刊

ハーレクイン・ロマンス

愛の激しさを知る

傲慢富豪の父親修行	ジュリア・ジェイムズ／悠木美桜 訳	R-3865
五日間で宿った永遠 《純潔のシンデレラ》	アニー・ウエスト／上田なつき 訳	R-3866
君を取り戻すまで 《伝説の名作選》	ジャクリーン・バード／三好陽子 訳	R-3867
ギリシア海運王の隠された双子 《伝説の名作選》	ペニー・ジョーダン／柿原日出子 訳	R-3868

ハーレクイン・イマージュ

ピュアな思いに満たされる

瞳の中の切望 《至福の名作選》	ジェニファー・テイラー／山本瑠美子 訳	I-2799
ギリシア富豪と契約妻の約束	ケイト・ヒューイット／堺谷ますみ 訳	I-2800

ハーレクイン・マスターピース

世界に愛された作家たち
～永久不滅の銘作コレクション～

いくたびも夢の途中で 《ベティ・ニールズ・コレクション》	ベティ・ニールズ／細郷妙子 訳	MP-92

ハーレクイン・プレゼンツ作家シリーズ別冊

魅惑のテーマが光る
極上セレクション

熱い闇	リンダ・ハワード／上村悦子 訳	PB-383

ハーレクイン・スペシャル・アンソロジー

小さな愛のドラマを花束にして…

甘く、切なく、じれったく 《スター作家傑作選》	ダイアナ・パーマー 他／松村和紀子 訳	HPA-57

文庫サイズ作品のご案内

◆ハーレクイン文庫・・・・・・・・・・・・・・毎月1日刊行
◆ハーレクインSP文庫・・・・・・・・・・・毎月15日刊行
◆mirabooks・・・・・・・・・・・・・・・・・・毎月15日刊行

※文庫コーナーでお求めください。

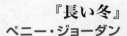

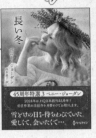

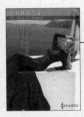

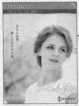

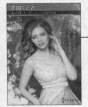